文春文庫

白萩屋敷の月

御宿かわせみ 8

平岩弓枝

文藝春秋

目次

白萩屋敷の月

美《び》男《なん》の医《い》者《しゃ》

一

夜明け前から降り出した雨は、そう強くもないかわりに、小半日が過ぎても一向にやむ気配がなく、そのせいか、冬が逆戻りしたような寒さであった。

天気がよければ、一日中、暖かな「かわせみ」のるいの部屋も、今日は昼間から薄暗く、針仕事でもしようと思えば、行燈《あんどん》の灯が欲しいようなうっとうしさで、るいは長火鉢に寄りかかってぼんやりしていた。四、五日前から風邪気味でなんとなく頭が重い。

「お嬢さん、甘酒、召し上りませんか」

障子のむこうから声をかけて、女中頭のお吉《きち》が筒茶碗を一つ、お盆にのせて入って来た。

湯気の立っている熱《あ》つ熱《あ》つの甘酒に、すり下した生姜《しょうが》が添えてある。るいが茶碗を取り上げた時、帳場のほうに男の声がした。

「深川の長助《ちょうすけ》親分みたいですねえ」

出て行ったお吉が、やがて浮かぬ顔で戻って来た。

「なんだか、厄介なお客さんみたいなんですけどね」

芝の増上寺の片門前《かたもんぜん》に住む藍染めの職人の兄妹で、大事な用があって向島まで行ったのだが、どうも埒《らち》があかずひと晩、ここへ泊めてもらえまいかと、長助がつき添ってやって来たという。

「兄さんのほうが足が悪いんですよ。歩けることは歩けますけど、あれで芝からこっちまで来るのは、容易なことじゃありません」

「なんでもいいから、早くすすぎをさし上げなさいな。このお天気じゃ、さぞかし凍《こご》えてお出でだろうに……」

お吉を先に立てて、るいも帳場へ出てみると、もう、番頭の嘉助《かすけ》が女中たちに指図をして湯を汲ませ、客の汚れた足を洗わせている。

「どうも、お嬢さん、申しわけございません」

一足先に上へあがっていた長助が、人のいい顔でお辞儀《じぎ》をし、

「ちょいと、あとから、お話が……」

目の前にいる兄妹に、少し気をかねた挨拶をした。

「さぞ、お寒かったでございましょう。すぐにお風呂の仕度をさせますので、とりあえ

ず、お休み下さいまし」

　女中たちが兄妹の客を二階へ案内して行くのを見送って、るいは長助を居間へ案内した。

「あいすいません。本来なら、とても、こちら様の御厄介になれるような身分の者じゃございませんのですが、聞けば聞くほど、あんまり気の毒な身の上なんで、なんとか、いいお智恵を拝借出来ねえものかと思いましたんで……」

　長助の女房の親類が、あの兄妹の住む片門前に近い大門通りにある関係で、兄妹の母親と少々のつき合いがあり、それで、長助を頼って来たという。

「長助親分のおかみさんの知り合いなら、なんてことはありません。気がねなんぞ要らないから、わけというのを話してごらんなさいな」

　るいが例によって女長兵衛を気どっているところへ、嘉助が宿帳を持って来た。

　芝片門前、藍染め職人、左太郎、妹、おもん、と稚拙な文字で書いてある。

「あまり大きな染屋じゃございませんが、左太郎というのの親父《おやじ》の代からの店でして、下働きの職人も二、三人はおいて居ります。一昨年に親父が死にまして、そのあとは左太郎がやって居ります」

　年齢は若いが、染め物の腕はなかなかのもので働き者でもあるのだが、

「子供の時に暴れ馬に蹴られまして、足腰が不自由でございます。それで、未だに、嫁も貰わず、母親と妹のおもんと三人暮しをして居ります」

自分の女房の知り合いだけに、長助の話は要領がよかった。

「で、その、藍染めの仕事ですが、親父の代から尾張町の四条屋の品物をひき受けて居りまして、その他にも少々は注文があれば染めているようですが、いい品物は殆どが四条屋からのあつらえでして、まあ一年の大方が四条屋の仕事をしているといってもいいくらいだそうです」

それで、るいが思い出した。

「尾張町の四条屋といえば、昨年の暮だかに分散をした店じゃありませんか」

分散、つまりは店じまいであった。

「左様でございます。まさか、あれだけの大店《おおだな》の内証が、そんなに苦しいとは近所でも気がつかなかったそうでございますが……」

一夜の中《うち》に店を閉め、倒産ときいて町中が仰天した。

「四条屋じゃ、二年も前から、左太郎のところにろくすっぽ、金を払っていなかったんでございます」

そのくせ、仕事のほうは、ここ二年ばかりおびただしい数の注文が来てそれも、急げ急げと催促され、寝る間も惜しんで期限に間に合せていたのだが、その代金を一文も払わずに、四条屋が潰れてしまった。

「でも、分散ということになれば、入札公売ということで、少しは借金の穴埋めが出来るんじゃありませんか」

るいの言葉に、長助が重く首を振った。

「いえ、それが、店は二重、三重に借金のかたに入って居りました上に、蔵にも店にも、ろくな品物が残って居りませんでしたとか」

「そんな馬鹿な……あれほどの大店で……」

「どなたも左様におっしゃるのですが、実のところ、金目のものはなんにもなかったようでございますんで……」

押しかけた債権者も驚いたが、一番、困ったのは左太郎のように、四条屋の下請けの仕事をしていた者たちで、

「呉服屋でございますから、染屋の他に縫箔《ぬいはく》屋だの仕立屋、洗い張り屋に勘定がたまり放題で……」

そういうところは、どこも小ぢんまりとやっているだけに、受けた損害は並大抵のものではないと長助はいった。

「左太郎のところも、なんだかんだで十両からの未払いがございます」

「そんな大金を……どうして今までに少しずつでも払ってもらわなかったのかね」

黙って聞いていた嘉助が、たまりかねて口をはさんだ。

小さな染屋で十両というのは大金である。

「手前もそこのところを左太郎に訊いてみたんですが、四条屋では二年前に旦那の伊兵衛さんが歿《なくな》って、あとはおかみさんと一人娘のお春さんでして……店のほうは前からの

奉公人が切りまわしていて、どうということはなかったそうですが、なんとなく賃金の催促をしかねたような按配《あんばい》で……」

それでも、左太郎の妹のおもんが昨年中何度か尾張町の四条屋へ足を運んで、いくらかでも払ってもらいたいと頼んだのだが、

「番頭の吉兵衛というのが、主人が死んで、少々、厄介なことが持ち上って支払いが遅れているけれども、暮には一文残らず耳をそろえて渡せるから、それまで待ってくれるようにと申しましたそうで……」

長いつき合いの店だし、染屋にとっては大事な得意先でもある。それでも押して支払ってくれとはいえないで、おもんは帰って来たのだが、その暮に、

「四条屋は分散しちまったわけでございます」

左太郎のところは、いい災難で、

「今までは貯えの中から職人に手間を払って来ましたが、それも底を突き、この初春《はる》は正月どころではない有様でして……」

せめて半分でも、なんとか払ってもらえないかと四条屋へかけ合ったが、埒があかなくて、とうとう、足の不自由な左太郎が妹と一緒に出て来たのだという。

「そりゃあ、えらいことになりましたな」

嘉助が嘆息をついた時、お吉がとんで来た。

「番頭さん、いつまで油を売ってるんですか、お客様ですよ」

すぐ、出て下さい、といわれて、嘉助が出て行った。

「どうも、つまらない長話を致しまして……」

長助が具合悪そうに腰を上げかけ、るいがそれを制しているところへ、

「お嬢さん、どうしましょう。今、ご案内した娘さんのほうが、お腹が痛いみたいで……」

るいが慌《あわ》てて二階へ上ってみると、左太郎の妹のおもんが、とりあえず敷いたらしい布団の上で蒼白になってうめいている。どうみても只事ではないので、るいは帳場へかけ下りた。

「番頭さん、すぐ、源庵先生へ使をやって……」

慌《あわただ》しくいいつけているるいの目の前で、一人の若い男がすすぎをとっていたのだが、

「御病人ですか」

雨に濡れた袴《はかま》の裾《すそ》を手拭で叩きながら、上りかまちへ立った。総髪で左手にちょっと大きな四角い包を下げている。

るいが顔をそっちへむけて、思わず、はっとしたのは、男の顔がどことなく神林東吾《かみばやしとうご》に似ていたからであった。いや、東吾というより、むしろ、彼の兄の通之進《みちのしん》のほうが酷《こく》似《じ》しているかも知れない。

やや面長で、いわゆる眉目秀麗《びもくしゅうれい》という容貌《ようぼう》であった。男にしては優しすぎるようなのを、ぐいと締った口許が救っている。

「手前は医者のはしくれですが、よろしかったら、診《み》てさし上げましょう」

穏やかにいわれて、るいは少し、ためらったが、傍にいたお吉は忽《たちま》ち、その気になって、

「こちらなんですよ」

あたふたと二階へ上って行く。

みたところ、年は若いが、おっとりと品のいい印象なので、よもや、いい加減な者ではあるまいと思いながら、るいも後からついて行った。

部屋へ入ってからの、その男の態度は、まさに医者であった。苦しんでいるおもんを上向きに寝かせて、着衣の上から腹部を軽く圧して、痛み具合を訊ね、それから、自分の包を開けて、銀色の平たい棒のようなものを取り出して、口の中を調べた。

「腹部の痛みは、雨の中を歩いた冷えから来たもので、温めれば良いが、少々、風邪気味で、口中が赤くなっている」

熱が出るといけないからといって、紙に筆をとって、さらさらと何行かの文字を書いた。

「日本橋に天聖堂という生薬屋《きぐすりや》があります。そこへ行って、これを買って来て下さい」

なにがしかの金を添えて出されて、るいは恐縮した。

「とんでもないことでございます。お金は手前共で用立てますので……」

小雨の中を下働きの若い男が走って行き、るいはお吉に指図をして部屋を更に温めさ

せ、行火《あんか》の仕度をした。

帳場へ行って宿帳をみると、男の名前は寒井千種《さむいちぐさ》、長崎から江戸見物に来た医者ということであった。

「長崎ということは蘭方《らんぽう》のお医者かも知れません」

と嘉助がいったが、やがて使が薬を買ってくると、寒井千種は、それらを自分ですりつぶし、小さな秤《はかり》にかけて調合すると、お吉に一つをおもんに服《の》ませるようにいい、別の包を持って、るいのところへ来た。

「先程、みたところ、おかみさんも風邪のようですな」

ついでに作った風邪薬だから、飯をすませたあとに服んでごらんと渡されて、るいは少し赤くなってお辞儀をした。

「大丈夫ですかね、あんな若いお医者の作ったものなんぞ……」

お吉は疑わしそうな顔をしたが、二階のおもんはすでに腹の痛みもとまり、すやすやとねむり出したときいて、

「案外、名医なのかも知れませんねえ」

と宗旨を変えた。

で、るいも夜、寝る前に服んでみたのだが、一夜があけると、重かった頭がすっきりして、体のだるかったのも嘘《うそ》のように消えている。

おもんのほうも、今朝はすっかり元気になって、粥《かゆ》を二杯も食べたというので、るい

が礼に行こうとすると、

「寒井様なら、大川で釣りをしていらっしゃいますよ」

嘉助が笑いながら教えてくれた。先程、釣道具があったら貸してくれといって、川っぷちへ出て行ったという。

成程、雨上りの大川端の土手の上で、ぽつんと釣糸を垂れている男の姿が、「かわせみ」の庭からよくみえた。

二

畝源三郎《うねげんざぶろう》が、「かわせみ」へやって来たのは、昼近くで、昨日、るいから、

「畝様におっしゃってごらんなさいな。それが一番の早道ですよ」

と智恵をつけられた長助が一緒について来た。

「長助が、ご厄介をかけたようですな」

るいと嘉助に挨拶をして、二階へ上り、暫《しばら》く兄妹の話をきいていたが、下りて来た時は左太郎、おもんと一緒であった。

「とりあえず、芝片門前へ帰しますので……」

駕籠《かご》を呼び、先に賃金を払っておいて、左太郎を乗せた。

「ことがことだけに、お上の力で、どれほどのことが出来るかわからぬが、長助からの知らせを待つように……」

泣かんばかりの顔で兄妹が発って行くのと入れかわりのように、東吾が「かわせみ」の暖簾《のれん》をくぐった。

「るいの奴が、又、長兵衛をやらかしたんだってな」

相変らず屈託のない笑顔である。彼を迎えに行ったらしい畝源三郎の小者が、あとからついて来た。

「いや、おるいさんは長助から頼まれたことなんです」

早速ですが、向島までつき合ってもらえませんか、と源三郎がいった。

「道々、お話ししますが、四条屋の女房と娘が向島に逼塞《ひっそく》しているそうなんで……」

気心の知れた間柄というのはいいもので、それだけで東吾はうなずいて、今、入ったばかりの「かわせみ」の入口を源三郎と一緒に出て行った。

「全く、畝様も気がききませんねえ。ちょっと、お上りになってから、お出かけなすっても、罰は当りますまいに……」

お吉が唇をとがらせたが、るいは微笑しただけであった。「かわせみ」の客になにかあったときいただけで、亭主顔でかけつけてくる東吾の様子が嬉しくもあり、ほほえましくもある。それに、今夜はなにがあっても、ここへ戻ってくる東吾であることも承知していた。

永代橋を渡って、深川の長助のやっている長寿庵という蕎麦《そば》屋で腹ごしらえをする間に、東吾は畝源三郎と長助夫婦から、大方の話をきいた。

「そりゃあ、源さん、難しくねえか」

染屋の兄妹はかわいそうだが、相手が倒産してしまって一文なしでは、払いたくとも払えまい、という東吾に、源三郎が軽く眉《まゆ》を寄せた。

「四条屋の分散には、ちょっといやな噂が聞えているのです」

一箱も、くすねておいて戸を立てる、という川柳を知っているかと、源三郎は八丁堀きっての堅物には似合わぬ表情をみせた。

一箱、は、千両箱のことで、千両もかくしておいて店じまいをする、つまり、計画倒産を詠《よ》んだものである。

「四条屋が、それだというのか」

「疑えば、疑える節があります」

今までの調べによると、店が左前になっていたにもかかわらず、この一、二年は染屋にも縫箔屋にも、かなりの注文をして品物を作らせている。

「そういうところへは、まるっきり支払いをしていないで、しかも、出来上った品物は売りさばいたのか、かくしたのか、分散になった時の入札では、影も形もなくなっています。その一方では店を抵当にして金を借りまくっているのですが、その金の使途も不明になっています」

店の帳簿は勿論、いい加減なものだが、四条屋から損害を受けたり、金を貸したりしたほうを調べてみると、

「川柳の文句ではありませんが、やはり一箱以上の金が宙に浮いている感じがします」

表むきには主人が急死して、女房と娘の女所帯になり、つい、人の口車に乗ったりして気がついた時には借金で身動きがとれなくなっていたということになってはいるものの、おかしな点は、まだ他にもあった。

「番頭の吉兵衛というのが、分散の数カ月前に店をやめています」

主人が健在だった頃から話がついていて、一人立ちして最初はかつぎ呉服屋、その中には、どこかに小さな店でも出すことに決っていたのが、主人が死んで店を出て行くのは忍びないとして一年余り、お礼奉公をしていたのだが、いつまで働いていてもきりがないというので、夏に四条屋を辞めた。

「分散前にやめたので、この吉兵衛は四条屋の店じまいとは、なんのかかわり合いもないことになって居りますが、長助の調べたところによりますと、四条屋の女房と娘が住んでいる今の家は、名義人は他の者になっていても、本当の持ち主は、吉兵衛だということでして……」

「成程……」

「もう一つ、四条屋の奉公人の申したことですが、吉兵衛と、娘のお春は出来ているというのですよ」

「いくつだ。吉兵衛という白ねずみ……」

「三十五なんだそうで……」

答えたのは、やや後を歩いて来た長助で、そこは、もう本所を出はずれて向島へ入る土橋のところであった。

「女房子は……」

「居りません」

「今、どこに住んでいる」

「谷中のほうだということですが、くわしいことはわかりませんので……」

何故か、潰れた四条屋の奉公人たちも、吉兵衛の住いを知らないという。

「なんでも、親類に坊さんがいて、そっちのほうを頼って行ったというんですが」

それも曖昧《あいまい》な話らしい。

向島の堤は桜並木であった。

早い年なら、ぼつぼつ花が咲こうというのに、今年はまだ蕾《つぼみ》も固く、冷たい川風に枝が殺風景に揺れている。

「あそこでさあ」

長助が指したのは、その土手からさして遠くない一軒の家であった。

畑地の中の百姓家で、庭に小さな水車小屋までついている。

茶の樹を植え廻した垣根は低くて、そこから庭がのぞけたが、母屋の前には植木があって、家の中はみえないようになっている。

人の気配はなく、話し声も聞えなかった。

「四条屋の女房と娘と、二人きりで暮しているのか」

東吾の問いに、長助がかぶりをふった。

「下女と下男が一人ずついるようです。それも、こっちへ来て新規にやとったので……」

尾張町の四条屋時代の奉公人は一人残らず暇を出している。

「吉兵衛はここに姿をみせるのか」

「さあ、張り込んでみれば、わかるとは思いますが」

ゆっくり歩いて行くと、やがて三囲様《みめぐりさま》の近くに出る。

「厄介だな」

川風にむかって、東吾が腕を組んだ。

仮に計画的な倒産であり、千両箱の一つや二つを、かくしていたとしても、証拠がなければどうにもならない。

「噂の通りなら、吉兵衛って奴が、四条屋の品物をどこかに移して、ひそかに売りさばいて金にしているのだろうが、容易に尻尾はつかませまいし、又、何年か先にそいつが店を持ち、お春を女房にしたところで、吉兵衛の甲斐性で出来た店だし、かつての主家の娘と夫婦になって、なんの不都合もない。結局は貸した者が損、未払いの借金にしても、四条屋を辞めた吉兵衛には、少しの責任もないのだからな」

「東吾さんのいわれる通りです。よくも、これだけ悪智恵を働かしたとは思いますが……」

四条屋の女房と娘、それに番頭がぐるになっての分散とわかっていても、今のところ、これといって法に触れていない。

「こうなったら、こっちもまともでない方法で金をとりかえすんだな」

東吾がいい出して、源三郎が苦笑した。

「まさか、向島のあの家へ泥棒に入るんじゃないでしょうな」

「盗みに入ったところで、あの家には金はおいてあるまい。万一を考えて、しかるべきところにかくしてあるだろう」

とにかく、向島の家の出入りをそれとなく見張るようにと、東吾は長助にいいつけた。

「それと、あの家に関すること、おかみさんや娘の消息を、なんでもいい、細かにかわせみへ知らせてくれないか」

なにかきっかけがつかめたら、そこから新しい智恵が浮ぶかも知れないといい、東吾は永代橋のところで源三郎とも別れて、まっすぐにるいの許へ帰って行った。

翌朝、東吾が少々、寝坊をしたあげく、るいに勧められて朝風呂に入っていると、窓の外で男と女の話し声がした。

「おやまあ、今日はよくお釣れになりましたんですねえ」

と感心しているのはお吉で、

「昨日がさんざんで、ここのおかみさんにも笑われたが、これで少しは面目が立っただろう」

歯切れのいい男は、東吾が小窓の格子の間からのぞいてみると、着流しの裾っぱしょりで、片手に釣竿を持っている。

るいの部屋へ戻って、朝のお膳を運んで来たお吉に訊いてみると、

「ああ、あのお客様は長崎のお医者です。江戸見物にお出でになったそうですが、よっぽど釣りがお好きらしくて、ろくすっぽ、お出かけもなさらないんですよ」

着いた日に、腹痛を起した染屋の妹のおもんを診てもらった話まで、べらべら喋《しやべ》った。

「医者か」

変った奴だと思っているところへ、るいが長助をつれて来た。

「若先生のお指図で早速、向島のあの家へ出入りしている八百屋だの魚屋だのを洗ってみたんですが、おかみさんも娘もひきこもったきりで、滅多に外には出ない、ただ、月の二十日は歿った旦那の命日なんで浅草の西光寺へ墓まいりに行くそうです」

月に一度の墓参が気晴らしなのだろうか、境内にある茶店に寄って甘酒や団子を食べて帰って行くらしい。

「二十日といえば、明日じゃないか」

朝飯をそっちのけにして考え込んでいた東吾が、ふと顔を上げたのは、庭掃除をしている女中を相手に、なにか冗談をいっている男の声が耳に入って来たからである。

「あいつ、医者だといったな」

るいが庭を眺めて目を細くした。

「寒井千種さまとおっしゃるんですよ。お若いけれど、大層な名医で、あたしの風邪も一ぺんで治して頂きました」

「長崎から来たといってるそうだが、生れ育ちは、多分、江戸だろう。そんなことはどうでもいいが……」

みたところ人柄はよさそうだから、わけを話して力を借りるか、と東吾はいい出した。

「あいつが、染屋の妹の療治をしたのなら、話は早いかも知れねえぞ」

「なにをなさるんです」

「要するに、四条屋から十両とりかえしてやりゃあいいんだろう」

「あのお方をお仲間に入れるんですか」

「医は仁術《じんじゅつ》というだろうが、人助けの力を借りるんだ、呼んで来いよ」

やんちゃ坊主のような亭主のいいつけを、るいは素直にきいて、やがて、居間に寒井千種を案内して来た。

初対面の挨拶もそこそこに、男同士がおよそ半刻《はんとき》(一時間)、熱心に話し込んでいたかと思うと、

「ちょいと出かけてくる。夜には又、来るからな」

寒井千種と長助を伴って、東吾は颯爽《さっそう》と出かけて行った。

三

翌二十日、朝から向島には長助が張り込んだ。

四条屋の女房おとみと、娘のお春が出かけたのは、午《ひる》を少し廻ってからで、零落した身らしく、どちらも木綿物の着物に古びた帯を締め、徒歩で渡し場へ行き、舟で大川を渡った。

西光寺では線香をもらい、墓で合掌をすませると、いそいそといった恰好で茶店へ行き、甘酒に焼団子、それに安倍川餅の注文をした。

「よくもまあ、あんな甘ったるいものばっかり食いますね」

低声《こごえ》でささやいたのは、茶店の裏にかくれてみていた長助で、その横に東吾と寒井千種が、なに食わぬ顔で渋茶をすすっている。

まず甘酒を運んで行ったのは、「かわせみ」のお吉で、これはあらかじめ畝源三郎が茶店の主人と話し合って手筈をつけておいた。

母娘はゆっくり甘酒を飲み、続いて運ばれた焼団子にも手をつける。

この日は気温がゆるんで、如何にも春らしく、ひっそりした寺の境内はうらうらと陽《かげ》炎《ろう》でも立ちそうなのどけさであった。

最後に、やはりお吉が安倍川餅と茶を持って行く。

「ぼつぼつ、ですよ」

寒井千種がけっこう面白そうな顔付で、東吾にささやいたとたんに、お春が眉をしかめ、急に立ち上って奥へ行った。お吉に厠《かわや》の場所を訊ねると、小走りで、かけ込んだ。

暫くして出て来た時は顔面蒼白で、如何にも具合悪げである。すかさず、東吾が声をかけた。

「お女中、如何なされた。顔の色が悪いが……」

お春は気もそぞろという恰好で、

「いいえ、なんでもございません」

といったが、そのまま、よろよろと歩いて行くと縁台に片手を突いてしゃがみ込んでしまった。手拭で口を押えたが、間に合わず、たて続けに吐いている。

「お春、どうしました」

母親が仰天して背中を抱いたが、お春は苦しげにうめき続けるばかりである。

「お嬢さん、しっかりなさいまし」

お吉が大声をあげ、それで東吾は母親のほうへいった。

「これはいかんぞ。おい、寒井、こっちへ来てくれ」

寒井千種はおっとりと立って来て、娘をさしのぞいた。

「これは、ひどい……」

おろおろしている母親にいった。

「手前は医者です」

下手に動かさないようにと注意し、お春を縁台へ横にして、お吉に布団を運ばせた。

自分は印籠《いんろう》から銀色の粒を出して、お春の口へふくませ、お春の背中を軽く撫《な》でながら母親に訊ねた。

「お娘御は、昨夜、どのようなものを口にされたか、こと細かくいうてみなさい」

昨夜は鯛の刺身に蛤のお吸物、同じく鯛の切身の焼いたものに、大根のあら煮、小松菜の胡麻《ごま》あえ。

「その他に、なにか摘み草をして食するということは……」

鹿爪らしく寒井千種がいい、母親が思い出した。

「そういえば、庭のよもぎを摘みまして、草団子を作りましたのを……」

「草摘みは、どなたがなさった……」

「私と娘と二人して……」

成程、ともったいらしく医者がうなずいてみせた。

「おそらく、そのよもぎの中に、間違って天狗草《てんぐそう》がまじっていたに相違ありませんな」

天狗草というのはよもぎによく似ていて、素人は間違えやすいが、時には命とりになるような毒性を持っているといわれて、母親も娘もふるえ上った。

「すぐに解毒《げどく》をしたほうがよい。幸い、処方を存じていますので……」

お吉を生薬屋へ走らせ、やがて調合したものをお春に飲ませた。

間もなく、お春は又、厠へ行く。

「今度は毒が下りるのですから、心配はいらない」

出て来たお春は体中の力が抜けたようだが、腹の痛みと吐き気はなくなったという。

喜んで承知した。

「それでは寒くならない中に、家へ帰られたほうがよいでしょう」

行きがかり上、家までついて行ってやってもよいという医者の申し出を、母親も娘も

駕籠を呼び、母娘が各々に乗った。東吾と寒井千種は歩いて、そのあとについて行く。

向島の家へ着くと、千種は母親に指図して、持って来た薬草を土瓶で煎《せん》じさせ、それをお春に服用させた。

家へ帰って来て安心したのか、薬の効き目か、お春はやがてねむりはじめ、脈をとっていた千種が、ほっとしたように告げた。

「まず、これで大丈夫だが、五、六日は粥と梅干の他は、なにも食されぬように……」

その日は、東吾と共にあっさり辞去した。

翌日は、お吉が見舞と称して向島の家を訪ね、

「まあ、手前どもの店で召し上ったもののせいでないとうかがいまして、安心いたしました」

と、まず念を押し、

「昨日の若いお医者様はお大名家の御典医《ごてんい》の御子息様で、長崎へ蘭方の勉強をなさりにいらしていて、江戸へお戻りになったばかりのところだったんでございますよ。本当に、いいお方が近くにいて、お嬢さんは運の強いお方でございますね」

教えられた通りを喋りまくって帰ると、更に中一日おいて、東吾と千種が向島へ出む

いた。

「いささか気になることもあり、この近くまで参ったついでに立ち寄った」

という口上に母娘は三拝して歓迎した。

それはそうだろう、娘のほうはもはや死ぬかと思われるほどの腹痛も不快な吐き気も全くなくなって顔色はまだ冴《さ》えないものの、食欲は粥だけでは我慢出来ないほど回復が著しい。

千種は、東吾が内心、舌を巻くほど弁舌さわやかであった。

娘の中毒症状を時折、難解な医学用語をまじえながら、丁寧に説明したあげくに、やや口ごもりながら母親のおとみに訊ねた。

「先だってのよもぎの草団子だが、母御のほうは、まるで食されなかったのか」

その問いに、おとみは待っていたように口を開いた。

「実は、そのことが、どうも合点が参りませんでした。娘も頂きましたが、どちらかと申せば、私のほうがたんと草団子を頂いて居りますのに……」

「やはり、そうでござるか」

ちょっと瞑目《めいもく》するようにして、千種はいった。

「先日、こなたを拝見した折、母御の手に或る独得の斑《はん》をみて、もしやと思っていたのだが……」

改めて、おとみの手を取って、袖口をまくり上げた。たしかに、黒子《ほくろ》とも斑点ともつかないものが手の甲から腕にかけて著しい。

「なにか、病でもございましょうか」

怯《おび》えた顔で、おとみが訊ねた。

「少々、申し上げにくいが、これは悪性の瘍《よう》と申すものが、胃の腑《ふ》に出来ている証拠でござる」

その瘍は、大変に増殖するものであり、みるみる中に胃の腑を食い荒してしまうのだが、

「同時に胃に入った毒物さえも食ってしまうのです。従って、天狗草の毒も瘍が吸収してしまい、表むきには何事もないように終ったのでござる」

沈痛な医者の表情に、おとみが蒼《あお》ざめた。

「そういたしますと、いったい、私は……」

「放っておけば、半年の中に落命するといってよいでしょう。瘍が胃の腑を食い尽せば、あとは、病人がなにを食べても当人の血肉にはならず、やがて幽鬼の如く痩せおとろえて死を待つばかりになり申す」

「先生……」

娘が泣き声を出した。

「おっ母さんを助けて下さいまし。先生のお力なら、きっとお治し下さいましょう」

千種は重苦しい表情をした。

「わたしが長崎で学んで来た蘭方には、瘍の治療は二つの方法がとられています。一つは刃物を用いて、皮膚の外側から肉を切りさき、瘍をとり出してしまうもので、これは至難な術である上に、時としては命を失いかねません。それに、瘍がもし胃の腑の他にまで増殖している時は、手の尽しようがないのです」

母親の歯が、がちがちと音をたてた。

「先生、なんとか、お薬で治す方法はございませんか」

「阿蘭陀《オランダ》渡りの秘薬があることはあります。わたしが長崎へ参ったのも、一つには主君の御命令で、その秘薬を入手するためで……」

「先生が、お持ちなのでございますか」

「持ってはいます。しかし、それは、我が殿並びに我が藩の重役方のために、万が一、この病に備えて、保存しておかねばなりません」

「お願い申します。後生でございます。どうぞ、そのお薬をお分け下さいまし」

畳へ頭をすりつけて、おとみが哀願した。

「どのように高価なものでございましょうとも、値は必ずお払い致します」

礼金もはずむといわれて、千種が苦笑した。

「しかし、失礼ながら、御当家は昨年の暮、分散をされたそうだが……」

「左様ではございますが、手前共には古くからの忠義な奉公人も居ります。なんとか工面をたのみますので……」

「それにしても、十両という大金でござれば……」

母娘が明らかに、ほっとした顔をみせた。

「そのくらいのお金でございましたら、明日にも用意が出来ますので、何卒《なにとぞ》、そのお薬をおゆずり下さい」

千種は、そこで初めて、一服の薬包を出した。

「では、まず、これをお飲みなされ。これを服用して、赤い小水が出るようなら、瘍に間違いござらぬ故、その時は大事な秘薬ながらおわけ致そう」

もったいぶって、千種は明日の午後、又、訪ねて来ることを約して、家を出た。

そして、その夜。

向島の家に駕籠が呼ばれた。乗ったのは、娘のお春、あとを尾《つ》けるのは長助、畝源三郎、東吾。

駕籠はまっしぐらに上野へ向い、広小路のはずれにある商人宿へ横づけになった。

お春に呼び出されて来たのは、みるからにのっぺりした呉服屋の番頭といった男で、二人は人目を避けるようにして話し合っていたが、やがてお春は再び駕籠で帰途についた。

一方、お春と別れた男は夜道を歩いて谷中の寺へ入って行く。

東吾と源三郎が窺《うかが》っていると、方丈から燭台の灯が本堂へ忍びやかに動いた。

こういうことには馴れている源三郎が本堂の扉のすきまからのぞいてみると、どうやら男は坊主と二人で、本尊の蓮の台座の下あたりから金を取り出している様子であった。

小判のかすかな音と、男のささやきが聞えてくる。

男は、それから谷中の寺を出て、辻駕籠を拾うと、向島へ行った。

そこまで見届けて、東吾と源三郎はあとを長助にまかせて、大川端へひき上げた。

一夜あけて、午後、千種は三度、向島の家へ出かけた。

おとみは一日の間に病人の顔付になっていた。

昨夜、赤い尿が出たという。

「間違いなく瘍とやら申す病にございます。ここに十両、用意いたしました。どうぞ、これで、お薬を……」

千種が取り出したのは、銀色の小箱の中に収めてあった紫の丸薬であった。白湯《さゆ》でそれを、おとみは押し頂くようにして飲んだ。

「今夜か明日、黒褐色の便通があるでしょう。それが瘍の本体です」

十日間は重湯のみ、茶も避けるようにといい残して、千種は十両を懐中にし、東吾をうながして家を出た。

帰りは舟で、長助のところの若い衆が竿をとっている。

この二、三日の陽気で、堤の桜は俄かに三分咲きほどになっていた。

大川端の「かわせみ」へ戻ってくると、昨夜、使をもらってやって来た左太郎、おもんの兄妹が待っていた。

るいの部屋で、寒井千種から十両を渡されて、しばし言葉もない有様である。

「しかし、本職の医者とはいいながら、たいしたものだな」

泣き泣き、兄妹が芝の片門前へ帰って行ってから、るいの部屋では、はやばやと酒が出た。

「最初に茶店の甘酒に入れたのは、下し薬、そのあと飲ませたのが、腹の薬、と、ここまでは俺にもよくわかるんだが、四条屋のかみさんの腕の斑点が瘍の証拠ってのは、本当なのか」

千種は行儀よくすわって、るいの酌を受けていたが、東吾を眺めて笑顔になった。

「黒い斑点が、瘍のしるしではないかという説はあるようですが、あのかみさんのは、ただの年寄のしみですよ」

「赤い小便が出るといったろう」

「あれは、漢方です」

「今日の秘薬って奴は……」

「やはり漢方です。便を黒色にするだけで、なんの害もありません」

「あきれたものだな。俺も医者の修業をすればよかった」

どちらも強い酒で、ぐいぐい飲んでいるところへ、畝源三郎がやって来た。

谷中の寺からは、およそ千五百両の金と、おびただしい反物が出て来たという。

「たいした奴らですよ」

四条屋は旦那が歿った頃に、すでにかなりの借金があったのだが、それを返さないですまそうと考えたのが、番頭の吉兵衛で、僅か二年ほどの間に借りられるだけの金を借り、集められるだけの反物を集めて、それらをそっくり、吉兵衛の知り合いの谷中の寺にかくし、自分は一足先に店から暇をとり、暮になっておとみが一文なしで分散という方法で店を閉めた。

吉兵衛はお召捕になり、おとみもお春も番所へ曳《ひ》かれた。

「品物は改めて入札公売となりますし、金もあることですから、四条屋に金を貸した者はとにかく元金だけでもとりかえせるでしょう」

畝源三郎の話で、その夜の「かわせみ」は遅くまで賑やかな酒盛が続いていた。

寒井千種が、「かわせみ」を発ったのは、次の日の朝で、

「すっかりお世話をおかけして、せめて宿賃は、お礼がわりにさせて下さいまし」

相手が気を悪くしないように手を突いていったるいの言葉を素直に受けて、

「かたじけのう存じます」

形のいい挨拶をして、朝の陽の中へ出て行った。

「いいお医者様でしたね。お若いのに、たいしたお人柄で……」

当分の間、「かわせみ」は寒井千種の話であけ暮れたのだが、それから一カ月余りも経って、江戸の桜がすっかり終った時分に、神林家では、奉行所から戻って来た通之進が、弟を呼んで訊ねた。

「東吾は天野《あまの》宗太郎《そうたろう》殿と昵懇《じっこん》だそうだな」

将軍家御典医の天野宗伯《そうはく》の息子の天野宗太郎だといわれて、東吾はあっけにとられた。

「本日、たまたま、天野宗伯殿とお目にかかった折に、天野殿のほうから言葉をかけられたのだが、御子息、宗太郎殿が其方にくれぐれもよろしくと申されている由であった」

いったい、どこで知り合ったのかと訊かれて、東吾は返答に窮《きゅう》した。

「どうも、手前には心当りがありませんが」

人違いではないかと思った。

「そんなことはあるまい、宗太郎殿は是非、来年、向島の花見を其方と一緒にしたいというて居られるそうな」

どうやら通之進は、東吾がとぼけていると判断したようであった。

「宗太郎殿と申される仁は、なかなかの極道者で、数年前、宗伯殿が勘当をいい渡されたそうだが、その後、心を入れかえて長崎へ修業に参り、蘭方をきわめて江戸へ戻られたそうな。大方、東吾と出会うたのは、極道時代のことでもあろうが……」

「冗談ではありません。手前は悪所通いをしたおぼえはございませんが……」

這《ほ》う這《ほ》うの体《てい》で兄の前を抜け出して、自分の部屋へ戻ってくる途中で、はっと気がついた。

「向島の桜……あいつか」

長崎から江戸見物にやって来たと称して、「かわせみ」に宿をとっていた寒井千種である。

「偽名なんぞ使いやがって……」

それにしても、やがては父親の跡を継いで将軍家の御典医となるほどの男に、一つ間違えば詐欺ともいわれかねない片棒をかつがせたわけで、終始、笑顔で東吾のいいなりになって働いた天野宗太郎の風貌を思い出して、東吾は冷や汗をかいた。

夜更け、東吾が八丁堀の屋敷を抜け出したのは、大川端へ行って、るいや「かわせみ」の連中に、寒井千種の正体を話してやろうと思ったからで、威勢よく歩いて行く東吾の頭上には朧月《おぼろづき》がかかっていた。

恋娘《こいむすめ》

一

大川端の旅宿「かわせみ」の庭の山吹の花が真盛りの午下りに、

「まあ、この節、親不孝の話は珍しかありませんが、実の親を川に突き落したってのは、いくらなんでもあんまりじゃございませんか」

信州から蕎麦粉のいいのが届いたので、と、自分でかついでやって来た深川の長寿庵の主人、お上からお手札を頂いて、町奉行所のお手先をつとめてもいる長助が、陽のよく当る、るいの居間で早速、喋り出したものである。

ちょうど宿屋稼業では、一番、暇な時刻で、女主人のるいの部屋には、老番頭の嘉助と女中頭のお吉が、至極、当然のような顔で長助の話をきいている。

「川って、いったい、どこのですよ」

すぐ反応したのはお吉で、たいして強くはないが、決して嫌いではない長助を知っているので、大ぶりの茶碗にさりげなく注いで来た灘の銘酒を、そっと話し手の膝の前へおいてやりながら訊いた。

「そいつが、すぐこの先の思案橋《しあんばし》の袂《たもと》からなんでして、御承知のように、あそこんところは川幅も少々ございますし、深いところは大人の背が立ちません。山口屋の主人は、泳ぎが出来ましたんで助かりましたが、悪くしたら土左衛門でございます」

千代田のお城を廻るお堀の水が一石橋、日本橋、江戸橋の下を通って、やがて大川へ注ぎ込む。思案橋というのは、その流れへ途中から合流する川にかかっているもので、すぐ先には鎧《よろい》の渡しがあり、長雨のあとなどは、けっこう流れも急になるところであった。

「幸い、奉公人もあとを追って来て居りましたし、岸辺に青竹を積んだ舟がもやっていたりしましたので、その連中が助け合って、山口屋の主人をひっぱり上げました」

「それにしたって、まだ水は冷たかろうに、どんな出来そこないの息子か知らないが、ひどいことをするものだ」

苦り切った嘉助へ、長助がぼんのくぼをかいた。

「いえ、それがその、娘なんで……山口屋の一人娘のお鹿さんってのが、父親を川へ突き落したんで」

「娘さんが、お父つぁんを……」

「なんだって、又、そんなことを……」

嘉助とお吉が膝を進め、長助は鼻の頭をこすり上げた。

「なんでも、お鹿さんのつき合っている男のことで、親子喧嘩になったあげく、娘さんが家をとび出す。追いかけて来た親父さんと川っぷちで取っ組み合いみてえなことになったあげくだっていいますが……」

「じゃあ、はずみで、お父つぁんが川へ落ちなすった……」

「いいえ、みてた連中の話じゃ、明らかに、娘が突きとばしたってんで……」

縁側に人影が射した。

「馬鹿に陽気じゃないか」

薩摩絣《さつまがすり》の着流しに白献上の帯が、如何にもさわやかな神林東吾が、片手に下げているのは、侍には不似合いな花の包で、いそいそと出迎えたるいが受け取ってみると、今にも蕾《つぼみ》の開きそうな白い芍薬《しゃくやく》の花が五本、伐りたての根本に、水をたっぷり吸わせた紙を巻いて水の下るのを防いであるのが奥床しい。

「屋敷の庭に咲いたのを、義姉上《あねうえ》が、かわせみへ持って行けというんでね」

いささか、照れくさげにいって、東吾はさっさと居間へ上った。

「なんだか、面白そうな話だったたな」

いったいなんだと水を向けられて、長助が嬉しそうに話し直した。

「小網町三丁目に山口屋という塗物問屋がございますんで……」

主に京塗物を扱う店だが、主人の富三郎というのは、なかなかの商売上手で、店は繁昌している。

「お内儀《かみ》さんはお源さんといいまして、下谷のほうから嫁に来た人ですが、おとなしい人柄で、近所の評判もようございます」

夫婦仲も決して悪くはなかったようだが、どういうものか、子宝に恵まれず、医者に相談をしたり、神信心をしたりしていたのだが、その甲斐があったものか主人の富三郎が四十、女房お源が三十三になって、漸《ようや》く一人娘が誕生した。

「なにしろ、中年を過ぎてからの一人っ子でございますし、お鹿さんというのが、赤ん坊の頃から体が弱かったってこともあって、乳母日傘《おんばひがさ》で大事に育てすぎまして、どうも我儘っていいますか、親のいうことなんざ、まるで耳も貸さねえ子供に出来上っちまったようで……」

十二、三の頃から、気に入らないといっては奉公人に、ぐらぐら煮え立っている釜の湯を浴びせて火傷《やけど》をさせたり、薪を投げつけて怪我をさせたりの事件を起しているが、その都度、親が金で始末をつけて来た。

「なにしろ、親のほうも大甘で、お鹿がなぐりたいといっているから、すまないが、ぶたれてやってくれと、奉公人に金をやって頼むってんですから、話にもなんにもなりゃしません」

年頃になると、今度はつまらない男に次々とひっかかるようになった。

「大店《おおだな》の娘のことですから、うまく行けば聟《むこ》に入れる、下手をしても、手切金がふんだくれるってんで、量見のよくねえ連中がちょっかいを出します。それを、自分はよっぽど男にもててると思い込んでいるんですか、いい気になっては深みにはまる。親のほうは、たまったものじゃありません」

「いくつなんだ、その娘……」

「へえ、今年が厄だっていいますから……」

「十九か」

器量はどうなんだと東吾に訊かれて、長助は苦笑した。

「まあ、娘盛りでございますから。それに、着るものも、髪飾りにも、金がかかっていますんで、あれでもう少し、心がけさえよかったら、いくらでもいい聟が来るんでしょうが」

一杯の茶碗酒を旨そうに飲み終えて、長助が帰って行くと、東吾がるいをふりむいた。

「ぼつぼつ、彼岸だが、るいは墓まいりに行ったのか」

まだなら、天気もよし、今から出かけないかといわれて、るいはいそいそと身仕度にかかった。

るいの生家である庄司家の菩提寺《ぼだいじ》は、浅草福富町に近い浄念寺で、先祖代々の墓もそこにある。

大川端からは舟で、船頭の外は、東吾とるいと二人っきりの水入らず、川むこうの景色を眺めながら竹町の渡しへ、そこからはうららかな日和の中を歩いて寺へ向った。

このあたりは東本願寺の門前町でもあって、石塔屋や仏具屋が軒を並べ、参詣人のための休み所も少くない。

花屋で、るいは墓前へ供える花と線香を買い、寺の方丈で閼伽桶《あかおけ》をもらって墓地へ入った。

東吾は一足先に墓前へ来て待っている。

墓は掃除が行き届いていた。

「しょっちゅう、どなたかがおまいりに来て下さるらしいんです」

四、五日前に、嘉助が来た時も、真新しい花が上っていたと、るいに話していたが、それはもう枯れてしまったのか、取り片づけられて今は見えない。

「庄司殿は、人の世話をよくされたからな。生前の恩を今も忘れない者が多かろう」

頑固一徹ではあったが、誠実で下の者には優しかったとは、るいの父親を偲《しの》ぶ時に、誰もが口にする言葉であった。

「俺は、子供の頃、庄司殿が屋敷に居られるのをみたことがなかった」

仕事熱心で、朝、八丁堀の家を出たら、深夜にならなければ戻って来ない。

「奉公人がいるとはいえ、幼い娘が一人で留守番をしているのだ。たまには早く帰って来たらよさそうなものだと思っていたが……」

るいは六歳で、母親と死別していた。

「あの頃、るいの家にいたのは女ばかりだったな」
嘉助の女房で、五年前に病死したが、おくめというのが、家事をとりしきっていた。
「お吉の母親もいましたわ。御亭主に死なれてお吉をつれて、また、うちへ奉公してい
て……」
寂しくはなかったとるいは微笑した。
「夜おそくなって帰ってくる父の足音は、いつも大いそぎでした。お役目を終えて、父
がまっしぐらに、私のところへ帰って来てくれるのが、よくわかりましたもの」
父と娘と寄り添うように生きて来たのが、その父も不遇の中に世を去った。
香華をたむけて、やがて帰りかけるところへ雪駄《せった》の音がして、畝源三郎がやって来た。
「今月は非番だったものですから、もっと早くに出かけてくるつもりでしたが、少々厄
介なことがありまして、遅くなりました」
定廻《じょうまわ》り同心であった、るいの父親は源三郎にとって先輩に当る。
「手前が、親父の跡を継いで見習になりました時分、庄司殿には、どのくらいお世話に
なったか知れません」
無骨な男が、無骨な手を合せているのを、るいと東吾は傍で待っていた。
三人そろって福富町へ出る。
「厄介なことがあったって、なんだ。源さん」
茶店で甘酒を飲みながら、ふと思い出して東吾が訊いた。

この親友も、どちらかといえばるいの亡父と同じく、仕事熱心の余り、非番の月が非番でなくなる男だ。

「るいさんの前でなんですが、どうも恋に狂った娘というのは、手に負えませんな」

「源さんが惚れられたのか」

「冗談ではありません。手前に惚れるようなら、たいしたものですが」

柳橋の料理屋で「魚松」というの息子で京太郎というのが、若い中から飲む、打つ、買うの道楽者で、美人局《つつもたせ》にはひっかかるわ、賭場で莫大な借金は作るわで、最初の中こそ、せっせと尻ぬぐいをしていた親も、とうとう堪忍袋の緒を切って、三年前に勘当をいい渡した。

「それでも性根が改まりませんで、相変らず極道をくり返して居ります」

親類縁者も、もはや相手にせず、

「そうなりますと、女をひっかけて食いつなぐということになって、そんな男にひっかかる女がいるというのが不思議な気がしますが、これがけっこういいところの娘がその気になるようで……」

今の相手は山口屋の娘でお鹿というのだと源三郎にいわれて、東吾が思わず、るいの顔をみた。

「するってえと、さっき、長助親分が話してた親不孝者じゃねえのか」

「川へお父つぁんを突き落したとかいう」

東吾とるいが異口同音にいい、源三郎が鼻の上に皺《しわ》を寄せた。

「御存じでしたか。実はその件で山口屋へ行っていたので、墓参が遅くなったんです」

山口屋の遠縁に当るのが、町役人《ちょうやくにん》をつとめていて、そこから畝源三郎に娘を男と別れさす法はないかと相談をかけられたという。

「調べてみますと、京太郎というのは怠け者で女好き、親から勘当されるのも仕方がないようなろくでなしですが、ついている連中も大変な悪《わる》でして、京太郎が馴染になっている深川の芸者の染吉というのには、やくざのひもがついて居ります」

京太郎がお鹿をくどいたのも、惚れたからではなくて、山口屋の身代が目的とわかったので、山口屋の主人にも、そのことを告げた。

「で、父親が娘に意見したところが、腹を立てたお鹿が、こともあろうに、実の親を川へ突き落す始末で……」

「そういうのは、罪にはならないんですか」

たまりかねたように、るいが口をはさんだ。

「一つ間違ったら、溺《おぼ》れ死ぬかも知れないような川へ、親を突き落すなんて、そういう娘さんには、お上からお叱りがあってもいいんじゃありませんか」

親孝行には御褒美が出るのだから、その反対の者には、おとがめがあっても、といいかけるるいに、源三郎が渋い顔をした。

「親がおおそれながらと訴え出れば、それ相当のことが出来るんですが、庇《かば》われたんじゃ仕方がありません」

「庇う……」

「親心でしょうが、娘が突き落したんじゃない、自分が川っぷちで立ちくらみをおこして落ちたというのでは……」

「山口屋さんが、そういったんですか」

「いくら、見ていた者が突き落したといっても、当人が自分から落ちたという以上、お上の出る幕はありません」

「そういうことが、娘さんをよけい、悪くしているんでしょうに……」

るいが嘆息をつき、源三郎もうなずいた。

「しかし、他人からみれば、出来そこないの娘でも、親にしてみたら、かわいい我が子のことですから……」

親の情は又、格別なのだろうと、独り者の源三郎は苦笑いをしている。

そんな話をしてから三日目の夜に、もう丑《うし》の刻（午前二時頃）に近く、嘉助が「かわせみ」の戸じまりをもう一度、みて廻って帳場の灯を消そうとしているところへ、

「あいすいません。長助です」

とんとんと大戸を叩いて、深川の長助の声が聞えた。

嘉助がくぐりを開けると、長助は一人ではなく、若い衆がぬれねずみの若い女を背中にかついでいる。

「山口屋のお鹿さんで……ちょいと深川でさわぎがありまして、当人がどうしても自分の家へは帰らねえというもんですから……」

その声をききつけて、まだ起きていたるいが帳場へ出て来て、

「とにかく、このままじゃ風邪をひいちまいますよ。着がえをさせなけりゃ……」

空いている部屋へお鹿をつれて行き、お吉が浴衣や半纏《はんてん》を持って行った。

お鹿は流石《さすが》に血の気のない顔色で、頬や額にはひっかき傷があり、手足にもアザが出来ている。

「いったい、どうしたのかね」

お鹿の介抱をお吉にまかせて、帳場では嘉助がるいと共に子細を訊ねた。

「ひょっとして、京太郎って人のことで、どうかしたんじゃありませんか」

畝源三郎にきいていたお鹿の恋人の名を出すと、長助が大きく合点した。

「お鹿さんが、染吉の家へ、男を返せってんで、どなり込んだんです」

京太郎が以前から深い仲の、芸者染吉の家へ入り込んだきりなのに、業《ごう》を煮やしてお鹿が出かけて行ったもので、

「さわぎをきいて、あっしもかけつけて行ったんですが、てんで、話になりません」

京太郎は、荒れ狂っているお鹿の前で、染吉にべったりのあげく、

「お前の顔なんざ、みたくもない。とっとと出て行けっていうんですから……」

おまけに染吉の家の若い連中が、お鹿を叩くやら、小突くやら、あげくに水をぶっか

けられてひっくり返っているところへ、長助が行き、とにかくお鹿をかつぎ出して来たという。

「なんだって、又、京太郎って奴は、お鹿さんを袖にしたのかね」

のぼせ上ったのはお鹿にしても、最初にちょっかいを出したのは京太郎のほうだときいている。

「つまりは、これ以上、お鹿さんから金をしぼりとれそうもないと思ったんでしょう」

山口屋では、この前の川の一件から、みかねた町役人が主人夫婦に、娘を救いたかったら一文の金も出すな、必ず金の切れ目が縁の切れ目になるだろうと智恵をつけ、お鹿を店に寄せつけないようにしていたらしい。

「お鹿さんは、鳥越《とりごえ》のお乳母さんの家へ身を寄せていたそうですが」

親の反対もなくなったから、京太郎と夫婦になりたいと迫ったものの、男は、お鹿の親が金を出さないし、どうやらお上の目が光っていると気がついて、忽ちお鹿を袖にした。

「これで、当人が目をさましてくれりゃよござんすが……」

知らせないわけにも行くまいからと、長助はそのまま、若い者を連れて小網町の山口屋へ出かけて行った。

そこへ、

「どうしましょう、お嬢さん」

憮然として、お吉が二階から下りて来た。

「体中が痛くて仕様がないから、お医者を呼んでくれっていうんですよ」

すりむきは、お吉が一々、薬をつけてやったし、打ち身は膏薬《こうやく》も貼って手当てはすんでいるのに、

「具合が悪いって、布団に横になったあげくに、そんなことをいっているんです」

医者を呼ぶといったところで、もう真夜中だし、みたところ、大きな怪我をしているようでもない。

「ああいうところが、金持の我儘娘って嫌われるんでしょうねえ」

手当てをしてやっても、ありがとうでもなければ、すまないでもなく、むっつり無表情で可愛気がない。

「どうでもいいですけれど、損な生れつきですねえ」

お吉も中っ腹であった。

大川端とはさして遠くもない小網町のことで、主人富三郎は女房と共に、すぐやって来た。

「どうも、とんだ御厄介をおかけしまして」

よほどいそいで来たのだろう、息をはずませたまま挨拶をして、とりあえず、二階へ上って行ったのだが、その部屋からは、がんがんとどなり散らす娘の声が、帳場まで聞えて来た。

「お父つぁんのせいよ。あたしがこんな恥をかいたのは、お父つぁんがけちだから。あたしとお金とどっちが大事なのよ。京太郎さんがあたしを捨てたのも、みんなお父つぁんのせいじゃないか。どうしてくれるのよ」

あたりかまわぬ大声に、るいと嘉助が慌てて、部屋へ入った。

「大きな声を出さないで下さい。他のお客様の御迷惑になりますから……」

それで形ばかり大人しくなった娘を、両親が両側から抱えるようにして、何度も頭を下げながら、「かわせみ」を出て行った。

二

翌日、「かわせみ」には、山口屋から中番頭の与之助というのが、昨夜、お鹿が着たまま帰った浴衣と半纏を返しにやって来た。

「あとから、主人がお詫びに参りますが、おかみさんが今朝方、具合が悪くなったりいたしましたもので、とりあえず、手前が御礼にうかがいました」

まだ二十五、六の実直そうな男だが、ひどく暗い表情をしている。

「どうぞ、もう御心配下さいますな。たいしたことをしたわけでもありませんので……」

と、くれぐれもるいがいってやったのだが、山口屋富三郎は、午後になって、やっぱりやって来た。

昨夜もそう感じたのだが、五十九という年齢よりは遥《はる》かに老けて、面やつれも激しいのは、娘一人をもて扱ってのことかと、るいも嘉助も少々、気の毒に思いながら居間へ通した。

お鹿は昨夜、あれから医者を呼ぶなどして大さわぎをしたくせに、今日は、鳥越の乳母の家へ行ってしまったという。

「まことにお恥かしいことでございます」

疲れ果てた様子でうなだれている富三郎をみて、つい、るいが訊いた。

「立ち入ったことをお訊ね申すようですが、娘さんが、あれほど親御さんに楯《たて》をおつきなさるのは、なにか、わけがおありなんじゃあございませんか」

ただ一人娘で甘やかしたというだけで、大店のお嬢さんが、あんなふうになるものかと、るいは考えていた。

「思い当ることと申しますと、たった一つ、お鹿が十六の時に、或る男を好きになりまして……」

暑いという陽気でもないのに、額に汗を浮べて、富三郎は話した。

「京塗物の職人でございまして、品物を持って江戸へ出て参りまして、たまたま、直し物がございまして半月余り、手前どもの店に滞在いたしました」

定次郎というその職人とお鹿の仲がおかしいと気づいたのは、母親で、問いつめてみると、お鹿はなにがなんでも定次郎と夫婦になる気でいる。

「ところが、定次郎のほうに訊ねてみますと、当人は一人息子で、両親のいる京を離れて暮す気持はなく、それでは手前どもに養子に来ることが出来ません。それでなくとも、手前どもは商人の家、職人を聟にするのからして、あまり有難いことではございません。それで、娘にも因果を含めまして、定次郎をあきらめるように申しました」

もう一つ、山口屋としては、お鹿の相手にどうかと思っていた男がいた。

「今朝ほど、こちらへ御挨拶に参りました中番頭の与之助でございます」

富三郎にとっては遠縁にも当り、子飼の頃から商売を仕込んで来た。

「人柄もまじめで、しっかりして居ります」

で、お鹿の聟にと考えていたのだが、これはお鹿がどうしても承知をしなかった。

「そればかりか、与之助にみせつけるように、猿若座の役者に入れあげたり、近所の若い衆と飛鳥山へ遊びに出かけたり、手前が叱言《こごと》を申せば申すだけ放埒《ほうらつ》がひどくなりまして、あげくの果がこの度のようなことになりました」

いってみれば、最初の恋に挫折した怨みがお鹿をやけにしてしまったと富三郎がいう。

「それはまあ、お話をうかがえばお気の毒に思いますけれど……」

世の中は、なにもかも自分の思い通りに行くものではないし、失恋の苦しみもお鹿一人ではない。

「もっと、ひどい苦しみに耐えて、ちゃんとやってお出での人も、おありなんですから」

「手前どもも、娘にそう申すのですが……」

やはり、親の育て方が悪かったのでしょうといい、富三郎は用意して来た手土産をおいて、早々に帰って行った。

「あたし、まずいことをいってしまった」

山口屋が帰ってから、るいは嘉助に呟《つぶや》いた。

「親御さんにしてみたら、娘さんを悪くいわれるのは面白くないにきまっているのに……」

それに対して、嘉助は別のことをいった。

「中番頭の与之助さんですが、今でも、お鹿さんと夫婦になる心算《つもり》でいるんでしょうかね」

主人からは、さきゆき、娘の聟にと話をきいているだろうし、お鹿がそれを嫌って、男狂いを重ねているのを知っている。

「山口屋の主人になるためには、そういう女でも女房にしようと思っているのか、そこらのところが気になります」

「お鹿さんを本気で好きってことはありませんかね」

いつの間にか、そこへ来ていたお吉がいい、自分がいったくせに、すぐ否定した。

「まあ、あの娘さんじゃあ、とても、真底、好きになる男がいるとは思えませんけど」

「かわいそうっていやあ、かわいそうですよ。お鹿さんって娘さんも……心がけとはいいながら、近づいてくる男が、みんな山口屋の身代めあてってことになったら……」

「かわせみ」で話題になったのは、そこまでであった。他人の家の内証事である。第三者がとやかくいう筋のものではない。

それから又、十日ばかり経って、東吾が畝源三郎と一緒にやって来た。

「どこかに塗物問屋で、懇意なところはないか」

という。

「たしか、るいは塗物にうるさくって、かわせみで使っている塗物は、どことかの店のものばっかりだってきいたおぼえがあったもんでね」

塗物とか焼物には全く無頓着な東吾がいったので、るいは笑い出した。

「うちは、お客様用のお膳や椀など一切は池之端の京本屋なんですよ」

京塗と輪島塗を扱っている店だが、

「丈夫っていえば、輪島塗で、品がいいのは京塗でしょうか。好き好きですけれど、うちでは、日常使いを輪島塗にして、気に入ったものだけ京塗を買っているんです」

京本屋の主人は、今年六十三、温厚な人柄で、店もなかなか立派だ、とるいは話した。

「京本屋なら、老舗《しにせ》ですよ」

畝源三郎のほうが、東吾よりよく知っていて、

「店の格からいっても、山口屋より、ずっと上です」

もしも、そこで働かせてもらえれば、まことに有難いが、といった。

「どなたが働くんですか」

いささか、面くらって、るいが訊いたのに、

「山口屋の与之助だよ」

東吾はすっかりのみ込んだ様子で、

「要するに、当人が山口屋に居づらくなって、町役人に相談したんだな。山口屋の主人としては、聟にすると約束した手前、自分の口から与之助に暇を出すわけには行かないが、当人がどこかの店へ奉公するなら、それはそれでかまわないという。それで源さんが、どこかいい店を探してやる破目になったんだ」

京本屋へ口をきいてやってくれないかと頼まれて、るいは眼を細くした。

「畝様も、随分、面倒みがよろしいんですね」

普通は定廻りの旦那が、そこまで世話を焼くことはない。

「その通りなんですが、小網町の町役人とはなにかと昵懇《じっこん》にしていますので……それに、長助までが、なんとかしてやりたいと与之助の肩を持つものでして……」

結局は、みんながみるにみかねたというのだろうと源三郎はいった。

それだけ、お鹿という娘の評判が悪いことにもなる。

「京本屋さんなら、父の頃からの知り合いですから……頼みをきいてくれるかどうかはわかりませんけれども、話してみましょうか」

なんのかのといっても、女長兵衛のるいのことで、早速、池之端まで出かけて行ったが、帰って来て、

「一度、御当人にあってみたいとおっしゃるんですよ。話をきいてみて、双方、納得が行ったら、うちで働いてもらいますって」

という。

「成程、それはもっともだ」

亭主面をして待っていた東吾がうなずき、翌日、与之助はるいにつれられて、京本屋へ出かけて行った。

京本屋の主人が一番、心配していたのは、与之助の山口屋へ対する思いだったが、

「正直に申しまして、今はもう山口屋の聟養子にも、お鹿さんにも少しも未練はございません。といって、あちらのお店やご主人を怨んでも居りません。なにもかも白紙にして、最初から出直したいと存じて居ります」

丁稚《でっち》からやり直す気で奉公したいというのを聞いて、京本屋の主人もすっかり安心した。

「では、これもなにかの御縁です。うちで働いて頂きましょう」

その日の中に、京本屋の主人が山口屋をたずねて、与之助の今後について一切、話をつけてくれた。

「大丈夫ですかしら、与之助さん」

るいが心配したのは、仮にも中番頭だった与之助が、京本屋へ行って、手代たちにまじって働くのが、つらくはないだろうかという点だったが、時折、様子をのぞいている

らしい畝源三郎の話では、思った以上に万事がうまく運んでいるという。

「仕事熱心で、まわりにも気くばりのある人ですから、うちの奉公人とも早く馴染みまして、その上、塗物に対する眼はたしかでございます。いい奉公人をお世話下さったと喜んで居りますよ」

たまたま、注文しておいた客用のお膳を届けに、京本屋の主人が自らやって来て、るいに話した。

「なにも、山口屋さんにあてつけるつもりではございませんが、家内もいい娘がいたら早く所帯をもたせて、落ちつかせてやりたいと心がけて居ります」

その時の口ぶりでも、どうやらいい嫁の心あたりのある口ぶりだったが、一カ月もすると、

「うちの番頭の一人娘でおけいというのが、今年十八で、それと与之助を一緒にしたいと番頭がいい出しまして、与之助も承知をしてくれました。一度、二人を御挨拶にうかがわせますので……」

と使が来て、その月の終りに与之助がおけいを伴って、「かわせみ」へやって来た。

前もって知らせがあったので、「かわせみ」には東吾も畝源三郎も待ちかまえていて、るいの部屋で、二人を囲んで心ばかりの祝宴を開いたのだが、おけいというのはなかなかの器量よしで、素直な、いい娘であった。

「番頭さんが、すっかり与之助さんに惚れ込んじまって、なにがなんでも、自分のあと

つぎにするって夢中なんですって……」

つまりは、二代続いて京本屋の番頭をつとめるということで、勿論、京本屋の主人も、その気でいると、お吉は長助からきいて来たのを、そっとるいにささやいて、これも、いい気分になっている。

京本屋へ行ってからの与之助が幸せなのは、以前、あれほど暗い感じのした男が、すっかり明るくなったのでも、よくわかった。

「なにもかも、皆様のおかげでございます。手前に、こんな有難い日が廻って来ようとは夢にも思って居りませんでした」

僅かの酒に赤くなって、涙まで浮べて頭を下げる与之助をみて、るいも、つくづく、いいことをしたと思ったのだが、その二日後、「かわせみ」に、お鹿がやって来た。

「いくら、八丁堀のお役人のお嬢さんか知らないけれど、あんまり人をふみつけにしないで下さい」

帳場へ出て行ったとたんに、正面からどなられて、るいはあっけにとられた。が、気の強さでは、るいもお鹿と、どっこいどっこいだから、ひるんでいることもなく、

「私が、なにをしましたって……」

びしっと、行儀よく上りかまちにすわって答えた。お鹿は土間に突っ立った儘である。

「赤の他人が、ひとの家の奉公人を、よそへ世話することはないじゃないの」

ひきつったようなお鹿の顔をみて、やっぱり与之助のことかと合点がいった。

「あんた、うちのお嬢さんに文句をいいに来たのなら筋違いだよ」

とび出して来たのはお吉で、

「与之助さんのことは、あんたのお父つぁんが暇を出したいが、自分からはいいにくい、だけど、与之助さんに出て行ってもらえればそれに越したことはないって量見だし、与之助さんも、あんたのところには居たくないっていうんで、町役人の方々が畝の旦那に相談に行ったんですよ。うちは、畝の旦那に頼まれて、京本屋さんをおひき合せしたんだが、それがどうだっていうんですか」

威勢よくまくし立てられて、お鹿は下唇を嚙んだ。

「大きなお世話だっていうのよ。なにも桂庵《けいあん》じゃあるまいし……」

「へええ、あんた、与之助さんに気があったわけ……。あの人に嫁にもらってもらおうとあてにしてたっていうの」

「お吉……」

流石にるいがたしなめたが、こうなるとお吉の舌は止まるところを知らずで、

「あきれたもんだね。自分はさんざん、好き勝手をしておきながら、誰もかまってくれなくなると、山口屋の身代を餌に、与之助さんをくどこうなんて、よくもまあ、そんな恥かしい真似が出来たもんだ」

「与之助のことなんか、なんとも思っちゃいませんて。なにさ、あんな奴……」

お鹿が金切り声を出した時、入口から山口屋富三郎が顔を出した。

「あいすみません、娘がお邪魔をして居りませんか」

とたんに、上りかまちのところにいたお鹿が自分の下駄を脱いで、それで父親になぐりかかった。

「お父つぁんが悪いんだ。お父つぁんがあたしの一生、めちゃめちゃにして……」

帳場から嘉助がとび出して、お鹿を背後からとり押えた。

「馬鹿な真似はおよしなさい。親御さんにむかって、なんてことをするんだ」

お鹿はもがいたが、きき腕を押えた嘉助には、かなわない。

「お鹿さん、あなた、量見違いもたいがいになさいまし」

いうまいと思いながら、るいが遂に口を開いたのは、娘の攻撃に、頭を抱えてうずくまったまま、殆どなすすべもない父親の有様があんまりみじめだったからで、

「そうやって、なんでも親のせいになさるけれども、一番最初にあなたが好きにおなりになった定次郎さんというお人のことだって、本気でそのお人と添いとげたいとお思いなすったんなら、何故、京までご自分が嫁に行こうとなさらなかったんですか。むこうさんは京塗物の職人で、江戸で暮すのは出来ないといわれたら、あなたのほうからあちらへついて行く、なにもかも捨てて、むこうさんの許へとび込んで行ったら、ひょっとして、あちらの気持も変ったかも知れない。それをなさらなかったあなたは親御さんを責めることなんぞお出来なさらないと思いますよ」

「待って下さい」

娘の前に立ったのは、父親で、

「どうか、そんなふうにおっしゃらないで下さいまし、お鹿が京へ行かなかったのは、私たちを捨てて行けなかったからなんです。一人娘の悲しさで、親を放り出して、男のところへ嫁に行くわけにはいかなかった。お鹿のつらい気持は、誰よりも私どもがわかっています。どうぞ、なんにもおっしゃいませんように……」

るいも同様だったが、嘉助もつい、力が抜けて、お鹿を押えている手をはなした。

お鹿は、下駄を持った手で、父親の頭をなぐりつけた。

「お父つぁんの馬鹿……知らない」

「お鹿、待ちなさい」

脱兎《だっと》の如く、逃げて行く娘を、頭から血を流しながら父親が追いかけて去った。

「かわせみ」の店は、雷が通りすぎたあとのように、誰も茫然として口もきけない。

「親子って、あんなものなんでしょうかねえ」

暫くして、お吉が漸くいった。

「なんだか、馬鹿みたいじゃありませんか」

たしかに馬鹿げていると、るいも思った。父親の頭を下駄でなぐる娘も娘なら、それを防ぐことも出来ず、娘をひっぱたくこともしないで、ただ、おろおろと追って行った父親も父親と思う。

他人がみたら、馬鹿馬鹿しいとしかいいようのない光景だが、馬鹿らしいと笑って捨てることの出来ないなにかが、そこにあるような気もした。

その、なにかが、るいにもわからない。

夕方になって、東吾がやって来た時、るいはそのことを訴えた。

「親と子ってのは、案外、厄介なものなんだろうな」

るいの話を真面目に聞いて、東吾は軽く首をひねった。

「親といい、子といったところでそれぞれ一人の人間だ。子供が一人前になってくれば、その分、親は年をとる。遠慮も気がねもそのあたりから生まれて来ようってもんだ」

「親が子に、遠慮なんかするんですか」

「年をとったら、子供に厄介をかけるだろう。その気弱さが遠慮になるんだ」

「当り前じゃありませんか、子供が親の面倒をみるなんて。誰のおかげで大きくなったと思ってるんです」

「るいはそういうけどなあ」

膳の上の盃を取って、東吾はるいに酒を注いでもらった。

「たとえば、るいの父上の庄司殿がまだ、御健在であったとして……るいは俺とこういう仲なことを、父上に遠慮しないか」

晴れて夫婦でもなく、夫婦同様の間柄になっている。

「庄司殿のほうはどうかな。娘の立場を考えられたら、心中は決して愉快ではおありなさるまい。しかし、それでも、るいと俺が惚れ合っているのを知られたら、娘の気持に遠慮されて、おそらく、なにもおっしゃるまい」

「知りません。そんなこと」

るいがつんとして、東吾は徳利を取って手酌で飲んだ。

「それとは別だが、親ってのは、なぐるべき時に子供をなぐっておかないと、後でどうにもならないのじゃないか」

俺なんぞは子供の時に、しょっちゅう親父になぐられていた、と東吾はいった。

「父上がなくなった時、兄上が俺にいったんだ。これから先、父上が東吾をなぐらねばならないようなことが起ったら、その時は父上に代って、兄がなぐるってね」

その時の通之進の、ひどく真剣で思いつめた顔を、東吾は今でも忘れないといった。

「幸か、不幸か、兄上は、まだ、俺をなぐったことがない。だが、俺は今でも自分が道にそむいたら、兄上は俺をなぐるだろうと思っているよ」

るいが、くすりと笑った。

「兄上様が、怖いんでしょう」

「そりゃあ怖いさ」

東吾が遠い眼になった。

「兄上になぐられるのも、泣かれるのも、俺はいやだ」

「だから、いい子ぶっていらっしゃる」

るいがそっと東吾をつねった。

「るいを泣かせても、兄上様に叱られたくないお方なんですね」

東吾がるいの手を摑んだ。

「初耳だな。俺が、るいをいつ、泣かせた」

「存じません。年中泣かしてばっかりいらっしゃるくせに……」

不意に、東吾がるいの耳へ口を寄せた。

「泣かせるって、あのことか」

まっ赤になったるいの肩を抱いて、片手で膳を押しやった。

「だったら、今すぐ泣かせてやってもいいんだぞ」

「いけません。こんな宵の中から……」

るいの声が、ふっと途切れて、膳の上の徳利が、かたかたと音を立てた。


「かわせみ」の連中は池之端の京本屋にいる与之助のほうに、お鹿がなにかいって行くかと思っていたが、それはなくて、そのかわりに長助が知らせて来たのは、お鹿が清六というならず者といい仲になっているということであった。

「清六ってのは、例の京太郎の色女の染吉のひもなんです」

いわゆる札つきのごろつきで、女をたらし込んでは食っている。

「京太郎のほうは、なんといっても素人ですが、こっちはやくざですから、なにをしでかすかわかりません」

長助が予想出来るのは、山口屋へ、なんのかのと金をせびるか、さもない時にはお鹿を売りとばすか、客をとらせて稼がせるか、どっちにしてもえらいことになりそうだという。

「今の中に、助ける方法はないんですか」

るいは蒼白になったが、

「女が、清六に惚れていいなりになっている中は、手が出せません。お上に助けてくれといってくれれば、畝《さじ》の旦那にお願いも出来ますが……」

長助も、もはや匙を投げた恰好であった。

五月になって、るいは東吾と一緒に深川の富岡八幡の祭礼を見物に出かけた。

賑やかに神輿《みこし》や山車《だし》がくり出して行くのを、東吾にすがって眺めていると、道のむこう側にしどけないなりをした若い女が、しきりにつれの男といい争いをしているのが目に入った。

厚化粧に衿白粉《えりおしろい》の、その女はどうみても春をひさぐ、その種の商売女にみえたのだが、お鹿であった。つれは、なかなかの男前だが、片肌ぬいだ背中にはこれみよがしの彫物があり、素人とは思えない。

お鹿が、ふと、こっちへ視線をむけた。明らかに、るいをみとめたにもかかわらず、つんとそっぽをむいて、そそくさと人波の中へかくれた。

それが、るいのみたお鹿の最後であった。

向島の桜並木が青葉にむせかえるような朝、お鹿の死体が牛の御前に近い大川に浮んだというのを、長助が知らせて来た。

「御検屍《けんし》の旦那方のお話では、体に傷はなかったそうで、自分でとび込んだか、突き落されたか」

深川の染吉の話では、この頃、酒を飲んでは死にたいと口走っていたということで、お上の扱いは自殺となった。

「清六の奴に、随分、ひどいことをされて、客をとらされていたそうですから……」

それと、お鹿の死体が上る三日前に、池之端では、与之助がめでたくおけいと婚礼の盃事をすませていた。

「まさか、今更、お鹿がそれを知って、死ぬ気になったとも思えねえんですが、どうも、いやな心持がします」

我儘で奔放な娘が、いったい、なにを考え、なにを悩んでいたのかは、知る由もない。

お鹿の遺体は山口屋がひきとって、法要だけは盛大に催されたらしい。

「そういっちゃなんですが、山口屋さんもほっとしてなさるかも知れませんよ」

お吉がそっといったように、ともかくも、親に苦労のかけ放題だった娘は、あの世へ旅立ったのであった。

「その中《うち》に、いい養子さんでももらって、お店を継がせれば、かえって幸せかも知れませんね」

だが、月の終りに、山口屋は店を閉めた。

富三郎とお源の夫婦が巡礼姿で「かわせみ」を訪れたのは、桐の花の咲く時分であった。

「一人娘に死なれまして、もう、なにをする気力もございません。商いをして金をもうける張り合いもなく、一日一日が空しくてなりませんので、とうとう店を閉めました」

家財を処分し、奉公人達に出来るだけのことをしてやってもこの先、夫婦が一生、暮せるほどのものがあるので、とりあえず西国《さいごく》を巡礼し、江戸へ戻って来たら小さな家でも借りて、余生を送るつもりだといわれて「かわせみ」の人々は、返事が出来なくなった。

他人からみれば厄介者の娘が死んで、やれやれというところを、娘の親はこの先の生甲斐を失って、巡礼に旅立とうとしている。

「親心なんですねえ」

口の悪いお吉までが、そう呟くのがやっとで、絹針のような細い雨の降り出している江戸の町をあとに、悄然《しょうぜん》と出て行った老夫婦の後姿がみえなくなるまで門口《かどぐち》に立っていた。

絵馬《えま》の文字《もじ》

一

日本橋北、小伝馬上町にある諏訪明神の境内の絵馬堂が、あまり老朽したので、町内で金を出し合って改築をすることになり、堂内に飾られていた絵馬が取りはずされて外へ運び出された。

絵馬といっても、さまざまで、大きなものは畳半分もあって、凝った図柄の立派なものから、いわゆる女子供が願かけに供える五、六寸のまで、古い絵馬堂だけに数はおびただしい。

どんなにささやかなものでも、一つ一つに奉納した者の願いがこめられているので、おろそかには出来ず、町内の世話人が神官と一緒になって埃《ほこり》を落し、いくつかにまとめて絵馬堂の修復が終るまで拝殿の片すみに保管することになったのだが、たまたま、その一人が、一枚の絵馬の裏面にちょっと変った願文《がんもん》をみつけて、それが話題になった。

その絵馬は、縦が二寸、横が五寸ばかりのごくありふれたもので、表には形通りの絵馬と奉納の文字、すみに小さく、それを納めた年月日と奉納者の名が書いてある。

「納めたのは先月の末、四月二十八日で、伊吹屋内、清之助、十四歳というのが当人です」

話しているのは、八丁堀定廻り同心の畝源三郎、ところは大川端の「かわせみ」の女主人、るいの居間で、五月なかばのさわやかな宵のこと、部屋には畝源三郎と向い合って神林東吾が湯上りのさっぱりした顔で盃を手にしている。

「十四の子供が、いったい、どういう願文を書いたんだ。まさか商売繁昌、大願成就なんてのじゃあるまい」

東吾が笑い、その盃にお酌をしたるいが眉をひそめるようにして訊いた。

「まさか、敵討ちのようなお願いではございませんのでしょう」

「願文は、こんなふうに書いてあったのです」

源三郎が律義に、懐中から一枚の紙を取り出した。絵馬に書いてあったのを、そのまま、ひき写して来たという。

「お父つぁんを助け下さい　清之助
なんだ、こりゃあ……」

手にとってみて、東吾がそれをるいにみせた。

「馬鹿に舌っ足らずじゃないか」

るいの方は真面目に答えた。

「お父つぁんを助けてくれってことは、病気かなんかでしょうか」

源三郎は初物の鰹《かつお》を旨そうに口へ運んだ。

「実をいいますと、その子の父親は半年前に病死しています」

「それじゃ、やっぱり……」

絵馬を奉納して祈ったにもかかわらず、少年の願いは空しかったのかと、るいは同情しかけたのだが、

「ただ、おかしいのは、その絵馬が奉納されたのは、表に書かれている通り、今年の四月二十八日なんです。ということは、父親が病死して、半年も経ってから、この絵馬が奉納されたことになるのですよ」

願《がん》がかなえられたのなら、あとから絵馬を奉納しても不思議ではないが、この場合はその逆である。

「源さんは、清之助の身許調べをしたのかい」

たかが、一枚の絵馬に御苦労千万といいたげな東吾に、源三郎が苦笑した。

「別に調べたわけではありませんが、世話人たちには、すぐ見当がついたようです」

すぐ近くの久松町に、矢倉清一郎というのがいて、その一人息子の清之助が、当年十四歳である。

「矢倉清一郎と申す者は、親の代からの浪人者だそうですが、人品骨柄、なかなかの人物で、殊に算術に秀れ、あちこちの大店《おおだな》の月末の帳合せを頼まれていたそうです」

単に帳簿の数字を合せるだけではなく、帳簿の無駄を指摘したり、商売の欠陥をみつけたり、いってみれば、商売の相談役のような仕事をしていたのだが、

「清一郎に帳簿をみてもらうことで、傾きかけた商売が前にも増して繁昌するようになったとか、店の危機を乗り越えたというのが一軒や二軒ではなく、なかなか信頼されていたといいます」

で、そうした得意先を数軒持っていて暮しを立てる一方、自分の家を寺子屋にして、近所の子供に無料で読み書き、算盤《そろばん》を教えてもいた。

「どこの町にも、出来そこないの子供というのがいるものですが、矢倉清一郎は、そういった、親も手に負えず、奉公に出してもすぐとび出してしまうといった厄介者を根気よく教えていたようでして、あの界隈《かいわい》ではかなり知れた存在でもあったそうです」

だが、好事魔多しというものか、昨年の夏の終りに突然、胃から吐血して療養の甲斐もなく、あっけなく世を去った。

「まだ四十前でしたとか」

「家族は……」

「女房のお志乃と申すのと、清之助です」

「亭主に死なれて、暮しむきはどうなっている……」

「お志乃と申すのの実家、といっても、今は弟がやっているのですが、日本橋の通旅籠《とおりはたご》町の煙草《たばこ》問屋で伊吹屋というのがそれでして、夫婦の間に子がありません。それで、矢倉清一郎の死後、清之助を養子としてひき取り、お志乃は寺子屋のほうを続けながら、伊吹屋へ通い奉公しています」

「奉公って……」

るいが口をはさんだ。

「弟さんの店へ奉公って、どういうことなんですか」

伊吹屋の姉であった。普通ならば仕送りをするというのが世間の常識である。

「事情はわかりませんが、町役人《ちょうやくにん》の話では下女奉公だと申すのです」

廊下に足音がして、女中頭のお吉が陽気な声を響かせた。

「近くに新しい鰻屋が店開きしましてね。とっても評判なんでお重をとってみたんです。お口に合うとよござんすけど……」

鰻重の他に、肝の焼いたのと、これは「かわせみ」の台所で作ったらしい筍《たけのこ》の木の芽あえともずくの酢の物がお膳の上に並べられる。

「俺はいいが、源さんには殺生だぜ、こんなに精のつくのばっかり食わされて、独り者が雌猫一匹いない屋敷へ帰って膝小僧を抱いて寝るんだからな」

るいが、あら、と小さく東吾をぶつ真似をし、お吉が間の抜けた笑い声でごま化した。

源三郎はなにも聞えない顔で、もう鰻に箸《はし》をつけている。

開けはなしてある障子のむこうから、若葉の匂いがひっそりと忍び込んでくる。いい夜であった。

絵馬の話はそれきりだったのだが、それから二日目の午後、東吾が久しぶりに三番町の練兵館道場へ出かけて汗を流していると、

「神林殿、畝源三郎殿がみえられました」

若い弟子が知らせに来た。

道具をはずし、稽古着のまま行ってみると玄関脇の風通しのいい小部屋で源三郎が茶を飲んでいた。

「ちょっと奇妙なことが起りまして、東吾さんの意見をきいてみたいと思ったんですが」

「待っててくれ、すぐ着かえてくる」

連れ立って外へ出ると、かんかん照りであった。着ている袷《あわせ》が如何にも暑っ苦しい。

「例の絵馬ですが……」

歩き出すと、すぐに源三郎が話し出した。

「あの話に出て来た伊吹屋の主人が昨夜、襲われて大怪我をしました」

絵馬を納めた清之助の叔父である。

「伊吹屋というのは、たしか烟草問屋だったな」

「かわせみ」で酒を飲みながら聞いた話だったが、東吾は正確に記憶していた。

「左様です。伊吹屋源七、三十二になる男ですが……」

事件があったのは、昨日夜のことで、

「源七は妾が居りまして、神田同朋町に烟草屋の小店を持たせています」

茶屋奉公をしていた女でおさきといい、二十四になるのだが、源七はこの女のところへ月に五、六日は通って居る。

「五、六日とは、随分、ひかえめだな」

東吾が笑い、源三郎が鹿爪らしく答えた。

「女房のおたみというのが芸者上りで、なかなか焼餅やきなようです。源七は妾のところへ出かけても、決して泊らずに店へ帰るのも、そのためだといいますから……」

で、昨夜も更けてから、妾宅を出た。お供は小僧の吉松という十七歳であった。

「源七が妾宅へ行った夜は、必ず、女房がいいつけて迎えにやらされるそうで……」

季節からして陽気のいい夜だが、流石《さすが》に四ツ（午後十時）をすぎると人通りもなく、源七と吉松は時折、犬に吠えられながら通旅籠町の近くまで戻って来た。

「提灯の火が消えたんだそうです。それで吉松が火をつける間、源七が叱言をいいながら待っていると、いきなり背後から棒のようなものでなぐりつけられて、頭に幾針も縫う怪我をしたと申すのですよ」

神田へ入ったところの自身番に、日本橋長谷川町に住む岡っ引の三五郎というのが、若い者をつれて源三郎を待っていた。深川の長助と同じく、源三郎から手札をもらって、

お上の御用をつとめている。一緒にいたのは、

「町役人の吉兵衛でございます」

町内の世話人でもあり、町の者になにかがあって奉行所へ出頭する時は、付添って行く役でもある。

「道順だから、妾の家から寄って行くか」

東吾がいい、源三郎がうなずいて三五郎に案内を命じた。

小さな家だが、改築したあとがまだ新しい妾宅である。

「以前は老人夫婦が住んでいたんですが、婆さんのほうが先に歿《なくな》りまして、爺さん一人じゃ仕様がねえってんで、神田のほうの息子の家へひきとられました」

二年ほど前のことで、空家になったのを買ってあっちこっち手を加え、おさきという妾を住まわせたのが伊吹屋源七である。

「まあ、煙草屋なんてものは、店番次第で客が来るっていいますが、おさきというのは渋皮のむけた色っぽい女でして、店はけっこう繁昌しているようで……」

旦那が煙草問屋で、妾がそこから品物をもらって商売をしているという気らくな店でもある。

流石に今日は店を閉めていて、三五郎が裏へ廻って声をかけると、青い顔をしたおさきが戸を開けた。

「昨日、源七がここへ来た時のことを話してくれないか」

東吾が穏やかに訊ね、おさきは少し怯《おび》えた様子だったが、町役人にうながされて、ぽつりぽつりと話し出した。

源七がここへ来たのは、日が暮れてからで、

「お店から吉松が迎えに来たのが、いつもの通り夜四ツ（午後十時）で……」

源七はそそくさと身仕度をし、外に待たせておいた吉松に声をかけて帰って行った。

「別に変ったことは、なにもありませんでした」

「源七が人から怨みを受けているような話はきいていないか」

「さあ、お内儀さんが、わたしのことで腹を立てなすっているのは知っていますが……」

「お前が茶屋奉公をしている時に、源七と張り合った男はいないのか」

ずけずけといわれて、おさきは体をくねらせた。

「そういうお客がなかったとはいいませんが、ここで暮すようになってからは、つき合って居りません」

「吉松は源七を迎えに来て、いつも外で待っているのか」

「はい、旦那が内へ入れませんので……」

外へ出ると、源三郎が東吾にささやいた。

「おさきが奉公していた時分の客を洗ってみますか」

東吾が三五郎をふりむいた。

「今でも、つき合ってる奴があれば、別だが……おさきに旦那に内証の男があるのか」

三五郎がぼんのくぼに手をやった。

「そりゃまあ、あれだけ色っぽい女ですから、町内の若い連中がちょっかいを出すようですが、今のところ、これといって噂はありません」

おさきにしても、下手に間男《まおとこ》して、今の暮しを失いたくないというのが本音だろうと三五郎はうがったことをいった。

「伊吹屋は、けっこうおさきによくしてやってるようですから……」

水商売だった女が、一軒の家を与えられ、下女を使って贅沢に暮している。煙草屋商売で若い男をからかっていれば退屈もしないだろうし、さし当って今の旦那に代るような相手もみつからないといったところに違いなかった。

「世間じゃ、妾のところへ通う旦那を、こらしめるために、内儀さんが誰かにやらせたんじゃないかといっていますが……」

神田から歩いて、やがて通旅籠町へ。

「ここが、伊吹屋のなぐられた所です」

三五郎が足を止めて教えた。

成程、人を襲うにはうってつけの場所といえた。

道の片側は空地で、すぐ向い側に家が普請中ということもあって、その材木置場になっていた。人がかくれようと思えば、まことに都合がよい。普請中の家は、まだ棟上げがすんだばかりで、ここも昼間は大工や左官がいそがしく働いていようが、夜は無人になる。

三五郎が若い者に耳打ちしていたが、やがて、小僧を連れて戻って来た。

「伊吹屋の小僧の吉松で……」

源三郎と東吾の前へひっぱり出された吉松は、泣き出しそうな表情であった。

十七歳というにしては、体の発育が悪く、手足がひょろひょろしている。頭の回転もそう早いほうにはみえなかった。

「お前、昨夜のことを申し上げてみろ」

三五郎に背中を叩かれて、吉松は慄《ふる》えながら、東吾と源三郎をみた。

「怖がらなくてもいい。提灯の灯が消えたのは、どの辺だった……」

吉松がどもりながら、源三郎に答えた。

「そこんとこで、俺がけっつまずいて……それで灯が消えて……」

空地の材木を積んだあたりであった。

「提灯の灯は、お前がつけたんだな」

と東吾。

「へえ」

「その場所へ行ってみろ」

吉松は、材木の積んであるところから二足ほど先へ行って、いわれた通りにしゃがみ込んだ。

「その時、主人の源七はどこにいた」

「俺の後にいて、叱言をいってました」

東吾が三五郎をうながし、三五郎が吉松の後へ立った。

「この辺か……」

吉松はふりむいて、ゆっくり顎《あご》をひいた。

「源七が襲われた時、お前はそっちをみていたのか」

「知らねえです。灯をつけるのに手間どって、……旦那には叱られるし……」

「気がついたのは、いつだ」

「旦那が声をあげたんで、ふりむいたら、そこにひっくりかえっていて……」

「相手をみなかったのか」

「提灯がついてなかったから、まっ暗で……」

「それから、お前はどうしたんだ」

「よくおぼえてねえです。店まで逃げて行って大声を出したら、奥からお内儀さんが出て来て……」

「この先にも家があるが、どうして、そこを叩かなかった……」

「わからねえです。怖くって……やみくもに走ったんで……」

「お前がみた時、源七は地べたにひっくり返っていたんだな」

「そう思います」

その場所から伊吹屋までは、僅かな距離であった。

妾宅のほうは店を閉めていたが、伊吹屋は今日も商売をしていた。

白髪の目立つ番頭が、見舞客に挨拶をしている。

町役人の吉兵衛が先に店へ入って、番頭に声をかけた。

「藤助さん、旦那の具合は如何ですかな」

藤助と呼ばれた番頭は小腰をかがめ、暗い顔で首をふった。

「只今も、仿庵《ほうあん》先生が来て下さっていますが、なんともひどい怪我で……」

痛みどめの薬が効いている中はともかく、切れるとうなりっぱなしだという。

その医者の仿庵が奥から出て来た。源三郎が片すみに呼んで容態を訊くと、

「なぐられたのは、角のある材木のようなもので、力一杯、脳天をやられていまして、場所が場所ですから、下手をすると命にかかわります」

今のところ、裂傷だけですみそうなのは不幸中の幸いだといった。

「こらしめのために、なぐった怪我という程度ではないのか」

「とんでもございません。材木の角がもう少し、頭の皮膚を切りさいていましたら、命はとりとめても、廃人になりましょう。手加減をしてなぐったというようなものではございません」

源七の傍には、女房のおたみがついているが、源七がかつぎ込まれた時は半狂乱だったらしい。

昨夜、吉松がかけ込んで来た時のことは番頭の藤助が答えた。

「手前は店の奥で寝ていましたんですが、大戸を叩く音でとび出してみますと、吉松が立って居りまして……ちょうど、奥からお内儀さんも出て来ていました」

吉松はひきつったような顔をして居り、手足はもとより着ているものも泥だらけで、

「最初は、なにをいっているのかわかりません始末で……なにしろ、普段から愚図で気のきかない奴でございますから……」

それでも、漸く、主人に異変があったらしいとわかって番頭がとび出した。

「近くに出入りの鳶《とび》の者が居りますので、そこへ声をかけ、吉松に案内させて主人の倒れていた場所まで参りまして……」

戸板にのせて店へ運び、医者を呼んだのだが、源七はまるっきり意識がなく、医者が手当てをしている最中に正気づいて痛いの、苦しいのと喚き出した。

「この店に寝泊りしている奉公人は番頭と小僧だけなのか」

傍から東吾が訊ね、藤助が少々、不審な顔をした。定廻りの旦那は黄八丈に黒の巻羽《まきば》織《おり》だが、東吾は着流しで、髷《まげ》の結い方もいわゆる八丁堀風ではない。それでも番頭が返事をしたのは、町役人や岡っ引の三五郎が、東吾に対して丁重な様子だったためで、

「奥には女中が居りますが、店のほうは二人の手代がどちらも所帯持で、通いでございますから、夜は手前と吉松と、それから、清之助坊っちゃんと……」

町役人が言葉を添えた。

「清之助さんと申しますのは、ここの主人の甥に当りまして、今は養子となって居ります人で……」

声が聞えたのか、店で働いていた一人がこっちをみた。

まだ前髪で、身なりからいうと小僧の吉松とあまり変らない。

「お前が清之助か」

東吾が呼ぶと、悪びれずに近づいた。

「昨夜はどこにいた」

「母のところへ帰っていました」

低いが、落ちついた返事である。

「母の家というと……」

「久松町です」

番頭がとりなし顔でいった。

「実は、お志乃さんが患って居りますんで……」

いつもは店へ泊るのだが、母親の容態が気がかりで、夜は家へ戻り、朝早くに店へ帰って来ているという。

「母が病気なのか」

東吾の言葉に少年はうつむいた。十四歳にしては小柄なほうで、肩のあたりに幼さがのぞいている。

「伊吹屋は清之助を養子にしたというが、今の様子では、まるで奉公人だな」

店を出てから東吾がいった。

「源七は商売をおぼえさせるためだといっているようですが、あの店の手代の話では、給金なしの小僧が一人ふえたような按配だと申します」

三五郎がいった。

「仕事はきついようですし、食べるものも着るものも、奉公人と一緒だそうで……」

「しかし、甥なんだろう」

「へえ、それはそうなんですが……」

「清之助の母親も、伊吹屋で働いていたんじゃないのか」

半年前に、夫に先立たれた女である。

「そうなんで……清之助さん母子については伊吹屋の評判はよくありません」

殊に、源七の女房のおたみが義理の姉に当るお志乃を邪慳《じゃけん》にしていたのは近所でも有名で、

「ちょっと気に入らないといっては、なぐったり蹴ったり、髪をつかんでひきずったり、先代からの番頭がとめに入ると、源七が放っておけという始末で……今、患いついてるきっかけも、先月の末だかにおたみが熱湯をお志乃さんにあびせて火傷《やけど》をさせたのが元だっていいます」

「おだやかじゃないな」

東吾が眉を寄せた。

「世間じゃ、小姑は鬼千匹というんだろう。亭主の姉妹が嫁につらく当るというのなら話はわかるが、嫁が亭主の姉さんをいびるってのは変ってるな」

「伊吹屋の内儀さんは、深川で芸者をしていましたんで……まあ、源七さんが熱くなって夫婦になるといい出した時、お志乃さんのつれあいの矢倉清一郎という人が、どうもあまり評判のいい女ではない、女房にするのはもう少し様子をみてからと源七さんに意見をした。それを押し切って伊吹屋へ入れたんですが、おたみって女はそのことを根に持っていて、後家になったお志乃さんにつらく当るんだってきいてます」

話をしている中に久松町で、お志乃の家では表の広間で三、四人の子供が大人しく手習をしていたが、入って来た大人たちをみて、その中の年かさのが、いくらか力んだ表情で出て来た。

「お志乃さんを見舞に来たんだ。具合はどうだね」

「また、熱が出て、今、おきよちゃんが薬をあげています」

奥で女の声がした。続いて、

「起きちゃ駄目ですよ」

と叫ぶ女の子の声が聞えた。少年たちが不安そうにそっちをみる。

出て来たお志乃は、東吾たちがはっとするほど病みやつれていた。手や足に繃帯が巻いてあるのは火傷の痕だろうか。

「申しわけございません。私になにか御用でございましょうか」

一緒について来た十五、六の娘に体を支えられるようにして座り、両手をついた。

「なに、たいしたことじゃない。伊吹屋できいたのだが、清之助は昨夜、ここへ帰って泊って行ったそうだが……」

お志乃がうなずいた。

「あの子は、私が患いつきましてからは、毎夜、帰って泊って参りますが……」

傍から娘がいった。

「清之助さんは、お店が終るとすぐ帰って来ます。昼間はあたしたちが交替で小母さんをみているので……」

「お前は……」

「きよといいます。清之助さんの友達です」

三五郎が慌てていった。

「先刻、伊吹屋でお会いになった仿庵先生の娘さんです。小さい時から、清之助さんのお父つぁんに手習をみてもらっているんで……」

「昨夜、清之助はいつ頃に帰って来た」

「伊吹屋さんが暮六ツ（午後六時）に店をしめるので、清之助さんは遅くとも五ツ（午後八時）には帰って来ます。昨夜もそうで、あたしが作った晩の御膳を食べてから、勘太郎さんと利吉さんに算盤を教えました」

いつの間にか、傍へ来ていた二人の少年が大きくうなずいた。

「勘太郎というのは、その先の大工の悴《せがれ》で、利吉は長谷川町の魚屋の末っ子です」

傍の三五郎がなんとなく汗を拭いている。

「お前たちはいつも、清之助に算盤を習っているのか」

東吾に対して、勘太郎が胸を張った。

「そうだ。先生が生きてなさる時は先生が教えてくれた。先生がいなくなってからは先生の小母《おせ》さんが……小母さんが患って……今は清ちゃんが教えてくれるんだ」

「お前たち、いつも、ここの家へ来ているのか」

利吉が肩をそびやかした。

「友達だからな。俺たちが来てないと、清ちゃんは小母さんのことを心配するだろう」

「昨夜は何時までここに居た……」

「朝までいたよ」

というのが、勘太郎の返事であった。おきよがすぐに首を縦にふった。

「そうなんです。昨夜は小母さんの加減が悪くて、清之助さんが心細そうだったたから、あたしたち、みんな、ここへ泊っていたんです」

「親は知っているのか」

「俺が、勘ちゃんの家にもことわりをいって来た。俺のおっ母もいったよ。先生にはさんざんお世話になったんだから、一生けんめい、お手伝いをしろってさ」

お志乃が袖口で涙を拭いた。

「堪忍しておくれね。小母さんが意気地がないばっかりに……」

おきよが東吾にむかって眼を怒らせた。

「小母さんは加減が悪いんです。もう、寝かせてあげて下さい」

東吾が頭を下げた。

「すまなかった。用事はそれだけだ。もう、やすんでもらってくれ」

子供たちが前後左右からお志乃を取り巻いた。

大事なものを運ぶように、お志乃を奥へつれて行く。

「源さん、塩をまかれねえ中に、帰ったほうがよさそうだぜ」

笑って、東吾が腰を上げた。

二

「どうも近頃の子供にゃかなわねえ。源さんも俺も、やりこめられて形なしさ」

その夕方、しとしとと降り出した雨の中を、源三郎を伴ってやっぱり「かわせみ」へ帰って来た東吾が早速、一部始終を話して頭をかいてみせた。

「三五郎の話ですと、勘太郎というのも、利吉と申すのも、手に負えない腕白だったそうです」

勘太郎のほうは図体も大きく力も強いので、もっぱら餓鬼《がき》大将を気どって弱い者いじ

めをしていたし、

「利吉は上の兄弟がみんな頭がいいのに、利吉だけ、いくら算盤を教えても駄目だというので家中が馬鹿扱いをした。それで、ひがんで家の金を持ち出して買い食いばかりやって、あげくは万引までやらかしてお上の御厄介になりかけた。それを清之助の父親が無理に町役人に頼んで手許にひきとったんだそうです」

　勘太郎にしても同様な経路をたどって、矢倉清一郎の寺子屋であずかることになったのだが、

「最初の中は二人とも、随分、手を焼かせたそうです。しかし、清一郎もお志乃も最後まで二人を投げ出さなかった。今となっては、町内でも評判の孝行者、働き者でどちらも親の自慢の種になっているとかですから、子供というのは、わかりませんな」

　独り者の源三郎が真顔でいったので、るいが笑い出した。

「畝様も早く御自分のお子を持ってごらんになると、おわかりになりますよ」

　新しい徳利を運んで来たお吉にまで冷やかされて、源三郎は酒で赤くなった顔をなで廻している。

「それにしても、東吾さんは清之助をあやしいとお思いだったんですか」

　源三郎の問いに、東吾が盃をおいた。

「てっとり早く、源七を怨んでいる者を考えればそうなるだろう」

　自分は養子とはいい条《じょう》、奉公人同様に追い使われ、母親は源七の女房から熱湯まで浴

びせられ、病人になってしまった。

「でも、昨夜、清之助さんの家には、その子供さんが三人もいたわけでしょう」

るいが、もうかなり酔の廻っている二人のために番茶を入れながらいった。

「そうなんだ。念のために三五郎に子供たちの家を訊いて廻らせたんだが、勘太郎も利吉も今朝になって帰って来て、昨夜は一晩中、お志乃の具合が悪くて、つきっきりで看病したんだそうで、二人とも、昼間、仕事を手伝いながら居ねむりばかりしていたそうだ」

おきよのほうは、夜があけてから家へ戻り、父親の仿庵にお志乃の容態を告げたので、仿庵が娘と一緒にお志乃を見舞い、薬を調合してから、娘を残して帰って来たと、これも、おきよのいった通りであった。

「そりゃあ、清之助さんって子が犯人じゃありませんよ、なんてったって子供はそこまで嘘はつけません」

お吉が子供たちの肩を持った。

「お話をきいてますと、伊吹屋源七って人はあまり心がけのいい人じゃなさそうだから、気のつかないところで、罪を作っているんじゃありませんか」

東吾があくびをし、源三郎が盃を伏せた。

「手前もそうではないかと思います。三五郎にもう少し、そっちのほうを当らせてみます」

源三郎が帰ると、部屋はるいと東吾だけになった。

まだ床につくには早すぎる宵の口で、東吾はるいの膝枕でうとうとしていたが、眼を閉じたままで不意にいった。

「お父つぁんを助け下さい、か」

るいが素早い反応をしめした。

「あれを書いたのが、清之助さんだったんですね」

お父つぁんとは、伊吹屋源七のことなのだろうかと、るいはいった。

「清之助さんは、形だけでも源七さんの養子になったのだから、いってみれば、お父つぁんでしょう」

「源七を助けてくれと神に祈ったのか」

「知っていたんじゃありませんか。源七さんが誰かにねらわれているのを……」

返事のかわりに東吾が寝息をたてはじめ、るいはうっとりした顔で恋人の寝顔をさしのぞいた。

今夜は、暦が逆戻りしたような梅雨寒《つゆざ》むである。

十日が経った。

ぼつぼつ、狸穴《まみあな》の方月館へ出稽古に行く日が近づいて、東吾は八丁堀の兄の屋敷で、「かわせみ」のるいのところへ出かける口実を考えていた。

兄の通之進も、兄嫁の香苗《かなえ》も、東吾とるいの仲にはとっくに気がついている筈なのに、どちらもそ知らぬ顔をしている。東吾にしてみれば、いわなくてもいい口実を、その都度、苦労して考えるのは、やっぱり兄が怖いからでもあった。

畝源三郎がやって来たのは、そんな時で、

「たいしたことではありませんが、伊吹屋源七がなんとか起きられるようになりました」

改めて当夜の事情を訊ねてみたのだが、

「小僧の吉松が提灯の灯を消してしまって、愚図愚図しているのを叱りつけていると、いきなり頭をなぐられて、それっきり気を失ったそうで、相手の顔はおろか、姿もみていないといいます」

別に人に怨みを受けるおぼえもなく、なんでこんなひどいことになったのかと腹を立てている。

「女のほうはどうなのだ」

伊吹屋に又、事件でも起ったのなら、それを口実に出かけられると思ったのが、あてがはずれて、東吾は気のない調子で訊ねた。

大体が、事件そのものは、世間で嫌な奴と思われている男が災難に遭ったので、いわば自業自得の感がある。真面目に犯人を探っている畝源三郎は、役目柄、仕方がないとはいえ、熱心に協力する気持は失せている。

「妾のほうも調べ直させましたが、これといって男はいません。ただ、女房のおたみは常磐津《ときわず》に凝っていまして、その師匠というのとどうやら、ねんごろらしくみえます」

十日に一度の割合で稽古に通っているのだが、三味線の音がすることは滅多になく、

「一刻も経つと、おたみが上気した顔で帰って行くそうです」

「三五郎親分も御苦労だな」

他人の色恋を尾け廻《つ》すほど、野暮な仕事はあるまいと東吾はいった。

「源さんは、三味線の師匠が、源七をねらったと思うのか」

「残念ながら、そいつはとんだ色男で、稽古に来ている女と、娘、年増、女房にかかわらず、ねんごろになっては金を吸い上げているのでして、少くとも、おたみに惚れて、亭主殺しを企む奴とは思えません」

「だろうな」

顔を見合せて嘆息をつき、東吾は照れくさそうにいった。

「明日あたり、なんとか呼び出しに来てくれないか。明後日から狸穴なんだ」

「承知しました」

帰りがけに、源三郎がくすっと笑った。

「東吾さん、持つべきものは、粋《いき》な友でしょう」

翌朝、畝源三郎が神林家へかけ込んで来たのは、六ツ（午前六時）であった。

「源さん、いくらなんでも早すぎるぞ」

酔狂も程にしろといいかけた東吾に源三郎が大きく手をふった。

「伊吹屋で昨夜、人殺しがあったんです」

「殺されたのは……」

「源七夫婦と、清之助です」

まっしぐらという感じで、男二人が八丁堀から日本橋通旅籠町へかけつけた。

現場は伊吹屋の裏口を出たところであった。

戸口に一番近い場所には、おたみが胸を突かれて朱《あけ》に染まって死んでいた。長襦袢に半纏をひっかけただけのしどけない姿である。

源七と清之助の死体は、そこから二間ばかり先に折り重なるように倒れていた。源七は胸を突かれ、清之助は肩から深々と斬り下されて絶命している。

大きな声が聞えているのは、小僧の吉松が清之助の傍に突っ伏すようにして泣きわめいているものであった。番頭の藤助と三五郎がもて余したように、吉松を囲んでいる。

「俺が悪いんだ。俺がもっと早くに知らせれば、清坊っちゃんは殺されなかった……」

しゃがれ声でくり返す吉松をみて、三五郎が畝源三郎と東吾へ等分に告げた。

「吉松が申しますには、昨夜、手水《ちょうず》に起きて、内儀のおたみが裏口から外へ出て行くのをみたそうで……、そのあと、又、主人の源七が同じように外へ出て行くので、どうもおかしいと寝部屋へ戻って、清之助に知らせたと申します」

「清之助は、昨夜、伊吹屋へ泊っていたのか」

「へえ、ここんとこ、主人が寝込んでいて、仕事がいそがしいってことで、おきよさんにお袋の看病をたのんで、家へは帰らなかったようで……」

話の腰を折られて、三五郎はつるりと顔を撫でた。

「それで……吉松の申しますには、清之助が主人夫婦の様子をみてくるといって、裏口から出ていったが、いつまで経っても戻って来ないので心配になって自分も裏口から出てみると、三人があの有様だったんで、びっくり仰天して、番頭をおこしに行ったってんです」

藤助が沈痛にうなずいた。

「吉松が泣き叫ぶので、驚いて行ってみますと……手前が参った時は旦那もおかみさんも、清之助坊っちゃんも冷たくなっていたようで、すぐに自身番へかけつけ仿庵先生にも来て頂きましたが……」

「お前が起きて外へ出たのは、何刻頃《なんどき》だ」

「さあ、わかりませんが、仿庵先生がみて下すっている中に夜があけて参りましたから……」

吉松のほうも、手水に起きた時刻はわからないといった。三人もの死体をみたのが余程の衝撃だったらしく、ひきつった声で泣くばかりである。

「どうも、おたみが誰かに呼び出しでも受けて外へ出て、それに気づいた源七があとを追いかけて、裏口で口論になるかして、源七がおたみを斬った、清之助はとめようとして逆に源七に斬られたってんじゃねえでしょうか」

源七が握りしめていたのは、彼が以前、箱根へおたみと出かけた時の道中差《どうちゅうざし》であった。

「すると、源七を斬ったのは誰だ……」

東吾がいい、三五郎はぼんのくぼに手をやった。

「その……お内儀さんを呼び出した奴か、でなけりゃ清之助ともみ合っている中に、自分の脇差《わきざし》でぐさりとってことはありませんか」

その間に、源三郎は三人の傷口を丁寧に改め、仿庵と話し合っていたが、やがて、東吾に近づいてささやいた。

「源七と女房の突き傷は同じ刃物のようですが、清之助の傷だけは少々、異るような感じです」

兇器は二つではないかといった。

「源さん、清之助が死んだことを、母親には知らせたのか」

それには、三五郎が答えた。

「実は仿庵先生が、あんまり容態がよくないところに、そんなことを知らせて大丈夫だろうかとおっしゃるんで迷っていたんですが、息子が死んだのを知らせねえわけにも行くまいと、今しがた、町役人の吉兵衛さんが出かけて行きましたんで……」

「俺たちも行ってみよう」

死体の始末をいいつけて、東吾は源三郎と久松町へ急いだ。

お志乃は起きていて、一足先に着いた吉兵衛から子細をきいていたが、入ってきた東吾たちを涙のたまった眼で見上げ、頭を下げた。

「早速だが、殁られた矢倉殿の父上は元は侍ときいて居るが、お形見の大小などはこの家になかったのか」

東吾の言葉に、お志乃が顔を上げた。涙が消えて、気丈なものが滲《にじ》み出ている。

「ございました。夫の亡父の形見として脇差一振《ひとふり》……」

「それをみせて頂けぬか」

「ございません。今朝ほど、私が神田川へ捨てて参りました……」

隣の部屋で何人かが息を呑むような気配があった。

「お上にお手数をおかけして申しわけございません。弟夫婦を殺《あや》めたのは、この私でございます。清之助は、私をかばって、弟に殺されました……」

語尾が泣いた。悲痛な嗚咽《おえつ》が病みやつれた女の唇を切りさくようである。

隣から、泣き腫《は》らした顔の子供が三人、ころがるようにとび出して来た。

「違います。小母さんは人殺しなんかしていません、あたしたちが一晩中、小母さんについていたんです。第一、小母さんは伊吹屋まで歩いて行く力だってありゃあしません。お父つぁんにきいてみてください」

叫んだのはおきよで、あとから勘太郎と利吉が、それに同意の声を上げた。

「その通りです。俺たちも、ずっと小母さんのところにいたんだから……小母さんはどこにも行ってやしません。小母さんは夢をみたんだ」

少しの間、東吾は黙っていた。源三郎がみていると、近くの手習机の上に重ねてある習字を何枚か手にとって眺めている。のぞいてみると、それは手紙の書き方を教えたもののようであった。なんでもない、時候見舞の文章である。ところどころに朱筆が入って間違いを直してある。

「これは、誰が書いたんだ」

「あたしです」

打てば響くようなおきよの返事であった。

「朱を入れたのは……」

「清之助さんです。あたし、文字の使い方をよく間違えるので……」

朱筆は十四歳にしては正確ないい字であった。

「清之助は親思いの、いい子だったようだな」

東吾が呟き、お志乃が泣きぬれた顔をふり上げた。

「あの子を伊吹屋へ渡すのではありませんでした……どんなに貧乏してもいい、親子二人で……、何故……、そうしなかったのか」

東吾が深くうなずいた。この男にしては、ひどくつらそうな声で、三人の子供にいった。

「俺は、お前たちの気持がわかる。とがめる気にはなれない。それに、清之助は死んだんだ。せめて、お前たち、清之助の友達と思うなら、ここの小母さんに優しくしてやってくれ。清之助が、なによりも喜ぶだろう……」

おきよが眼尻が裂けそうになるまで、眼を見張った。

「小母さんは縛られないの」

「当り前だ。お志乃が人殺しをしていないことぐらい、お上にもわかる……」

「じゃあ……じゃあ……、清之助さんは……」

真っ赤になったおきよを、東吾はいたわるようにみつめた。

「伊吹屋夫婦は悪い奴だ。おたがいに男と女のことで喧嘩をし、刃物三昧《ざんまい》になった。清之助は叔父さん夫婦をとめようとして、かわいそうに斬られたんだ」

勘太郎が唇を嚙みしめ、利吉が大粒の涙をこぼした。おきよは蒼白になって口もきけなくなっている。

「忘れるんだ。お前たち……つらいことは忘れて、矢倉先生がお前たちに教えてくれた通り、立派に生きることだ。それで、清之助も安心して成仏出来る……」

わあっと声を上げて泣き出した三人の子をお志乃がしっかり抱きしめた。

先に東吾が表へ出た。あとに続いた源三郎がちょっと赤い眼をしている。

「吉松のほうには、源さんからそっといってやってくれ。俺はかわせみで待っている」

夕刻、「かわせみ」のるいの部屋には東吾と源三郎を囲んで、るいとお吉と嘉助が加わった。

「それじゃ下手人は十四歳の子供だったんですか」

るいの声がしめっていたのは、すでに東吾から清之助が人並みすぐれた出来のいい子だときいていたからで、

「よくよく思いつめたんでしょうねえ」

と眼をうるませた。

「清之助は、父親から学問や算術と一緒に侍の魂をも受け継いだんだな。不幸といえば、それだった……」

父親の死後、身を寄せた伊吹屋で、母親が源七夫婦から受けた仕打ちを、清之助は許せないと思いつめた。

「殊に母親がおたみから熱湯を浴びせられて大火傷をし、それまでの無理がたたって病床につくようになって、清之助の怒りはどうしようもないまでになったと思う。だから、清之助は叔父夫婦に報復を決心し、その成就を神に祈ったんだ」

「あの、絵馬のお話ですか」

お吉がきょとんとした。

「だって、若先生、絵馬には、お父つぁんを助けて下さいって書いてあったんでしょう」

東吾が傍の机をひき寄せて、筆を取り上げた。

「助けて下さいじゃなかったんだ。助け下さいと書いたんだ」

「意味は同じじゃありませんか」

　お父つぁんを助け下さい　清之助

東吾の書いた文字を嘉助が判読した。

「若先生、こいつは、を、でなくて、お、じゃありませんか」

「を」を「お」におき直すと、

「お父つぁん　お助け下さい　清之助、となりますが……」

「その通りなんだ。流石、嘉助だ」

清之助は故意に「お」を「を」と書いた。

「万一、絵馬が他人の眼に触れた時、これから自分のすることを気づかせないためだったんだ」

おきよの習字を見ていて気がついたと東吾は話した。

「おきよって娘は、おとをを間違えて使う癖があった。清之助はそのことを知っていて、絵馬の願文に利用したんだ」

十四歳の少年が、自分の母を虐待する叔父夫婦を殺害しようと思い込んだ時、心の中で求めたのは亡き父の助力であった。

お父つぁん、どうか助けてくれ、俺に力を貸してくれと叫んだ少年の願いが、あの絵馬にはこめられていた。

「もっと早くに、それに気がついていたら……お志乃が泣いたろう。もっと早くに清之助の気持に気がついて、伊吹屋と絶縁しておけばと……」

「血を分けた弟だから、まさかそこまで邪慳にされると思っていなかったんでしょうね」

るいがいい、お吉が合点した。

「自分の息子を養子にしてやるといわれたら、女は気が弱くなりますよ」

少々の辛抱をすれば、やがては息子が伊吹屋の主人になれる、生涯、貧乏暮しをさせるよりもと女心はつい甘くなったとしても、誰もお志乃を責めることは出来ないと東吾もいった。

「東吾さんは、最初から吉松をぐるだと思っていたんですか」

しんみりした空気の中で、源三郎が訊いた。

「そりゃあそうさ。もしも、下手人があの空地を利用して源七を襲うとすれば、源七にあそこで足を止めさせなけりゃならない。とすると、提灯の灯を都合よくあそこで消した吉松が、下手人の味方だと気がつくだろう」

「吉松は清之助を神か仏のように思っていましたよ。愚図でのろまで、他人から叱言ばっかり浴びせられて来た吉松を、たった一人、清之助はかばい通し、はげまし続けたそうです。吉松は清之助のためなら縛り首になっても後悔しないと泣いていました」

「そういうところは、父親ゆずりなのだろうな」

勘太郎にせよ、利吉もおきよも、夢中になって清之助の味方をした。

「最初に源七を襲った時、勘太郎も利吉も、清之助が心配であの空地へ来ていたに違いない。清之助は誰にも手出しはさせなかったが、吉松にしたところで、いざとなったら源七に組みつくつもりだったろう」

　が、子供のことで、角材で思い切りなぐりつけ、死んだと思った源七は命をとりとめた。

「それで、形見の脇差を持ち出したんですか」

　嘉助が暗澹《あんたん》とした表情でいった。

「清之助はまずおたみを呼び出した。外に常磐津の師匠が来ているとでもいったのだろう。びっくりしたおたみは外へ出て、そこで清之助に突き殺された。次に源七をおびき出したのは吉松だ。お内儀さんが外へ出て行くのをみたといい、源七は女房の浮気を薄々、気づいているから、脅しの気持もあって道中差を持ち出した。清之助は自分も死ぬ気で源七を刺し、自分は源七に斬られた。それをみていた勘太郎と利吉はさぞ仰天しただろう。吉松もとび出して来ただろう。清之助は苦しい息の下から脇差を神田川へ捨てることを三人に頼んで絶命した。累《るい》を母親に及ぼさないためだ。三人は泣く泣くその通りにして、それから吉松が番頭を起しに行ったんだ」

　理由はなんであれ、人殺しは罪であった。しかし、清之助は源七と相討ちで死んだ。

「せめて、清之助を人殺しとしないことが、残された母親や、幼い友達のためだろうよ」

東吾の言葉にるいが訊ねた。

「畝様はどのように、始末をおつけになりましたの」

源三郎が笑えない顔で笑った。

「三五郎がうまい考えをいいましたので……」

夫婦喧嘩が刃物三昧になり、とめに入った清之助も斬られたが、そのもみ合いの最中に源七も自分の刃で死んでしまった。

「あの親分、案外頭がいいんですね」

お吉がいい、いつもなら大笑いが沸く「かわせみ」の部屋が、そのまま、ひっそりしてしまった。

夜が更けて、月は大川の上で丸くなっている。

水戸《みと》の梅《うめ》

一

その夕方、東吾が大川端の「かわせみ」へ顔を出すと居間の縁側に大きな竹籠がいくつも並んでいて、その中におびただしい青梅が盛り上げられていた。

「水戸の萩原様が、毎年、お送り下さいますの。なくなった父が、以前、萩原様が江戸詰でいらした頃に、少々お役に立ったことがございまして、それからずっと……」

いそいそと出迎えたるいが、東吾のための麻の座布団を出しながら告げた。

「そういえば狸穴の方月館でも梅を干していたな」

男所帯の台所を一人で取りしきっているおとせが甲斐甲斐しい姉《あね》さんかぶりで立ち働いていた。

今年もそういう季節になったのかと、いささか分別《ふんべつ》くさい感懐で、るいの入れてくれ

た新茶を飲み、

「一風呂浴びて、お召しかえをなさいまし」

と世話を焼かれて風呂場のほうへ出てみると、通りすがりの台所でお吉が若い女と真っ赤な顔をして、なにかをやっている。

あたり一面、梅の匂いがただよっているので、つい東吾はそっちへ行ってみた。

陶板のおろしで、梅の実を、まるで大根でもおろすようにごしごしすりおろしている。

「なにを作るんだ」

声をかけられて、お吉が前掛で顔の汗を拭いた。

「いえね、若先生、こちらのお三重さんが、梅をこうやってすりおろして、とろとろ煮つめておくと万病に効くっていうもんですから、早速やってみようってことになったんですけどね」

お三重と呼ばれた若い娘が、東吾をみて慌てて板敷に手をついてお辞儀をした。色はやや浅黒いが、目鼻立ちのととのった、なかなか愛くるしい顔をしている。

で、湯上りに、るいとさしむかいで一杯始めた時に、そのことを訊いてみると、

「いえ、あの人はうちの女中じゃありません。本当はお客様なんですけど、家伝のお薬の作り方だって、お吉に教えて下すってるんです」

水戸の豪農の娘なのだが、人探しに兄と一緒に江戸へ来て、今日から「かわせみ」に泊っているという。

「実をいうと、萩原様から、その御兄妹のことでお手紙を頂きましてね。どうしたらいいのか、東吾様に御相談しようと思っていましたの」

るいが取り出した水戸家の萩原作之進の書状によると、その兄妹は庄太郎にお三重といい、水戸でも指折りの大百姓の悴《せがれ》と娘ということで、子細あって十年前に江戸へ出た父親の庄兵衛の件につき、少々、力になってもらえないかとしたためてある。

「父親を探しに、江戸へ来たのか」

「くわしいことは、まだ訊いていないんですけれど、なんなら、嘉助さんにお二人をここへ呼んでもらいましょうか」

恋女房のいうことに、もとより東吾に異存のあるわけもなく、やがて、嘉助が庄太郎とお三重を、るいの部屋へ案内して来た。

庄太郎というのは、二十四、五だろうか、がっしりした体つきの精悍《せいかん》な感じのある若者だが大百姓の悴というだけあって、物腰は丁寧で品がいい。お三重のほうは、先刻、台所でみた印象よりも、やや大人びてみえたのは緊張してよそゆきの顔をしているせいだろう。

どちらも最初は固くなって、口が重かったが、そこは聞き上手のるいと嘉助のことで、間もなく二人とも肩から力を抜いて、ぽつりぽつりと、こっちの訊くことに返事をするようになった。

父親の庄兵衛というのは、今年五十五、母のお照が家付きの一人娘で、庄兵衛は二十七の時、養子に入った。

「両親が格別、不仲だとは手前どもは思って居りませんでした。父は働き者で優しい人柄でしたし、家の中に波風が立つようなことは、父が家を出るまでなかったと思います」

だが、庄兵衛はちょうど十年前に水戸家の御用で江戸に出たきり、ふっつり戻って来なくなった。

「それまでにも、御家中《ごかちゅう》の方々の御用を承って、江戸へ出て行くことはございましたが、長くて半月、早ければ七日、十日で戻って参りました。それが何のたよりもなく、帰って参りませんので……」

水戸家の江戸屋敷にいる者に頼んで調べてもらうと、

「女と一緒に暮していることがわかりました」

家族は仰天して、その頃、まだ健在だった庄太郎の祖父、庄兵衛には義父に当るのが江戸へ出て来て、いろいろと話をしたのだが、

「縁を切ってくれというばかりで、どうにも埒《らち》があかなかったと聞いて居ります」

親類や知人も、みかねて間に立ってくれ、水戸と江戸を往復したが、肝腎《かんじん》の庄兵衛が、何故、家を出たのか理由もいわず、帰る気持が全くないとわかって、みんな途方に暮れてしまった。

庄太郎の祖父は温厚な人で、或る時期は養子の身勝手に立腹はしたものの、二人の孫

のことを考えたのか、庄兵衛の籍を抜かず、いつかは目がさめて詫びを入れてくるだろうと、ひたすらその日を待っていたのだが、この冬、風邪をこじらせたのが原因であっけなく世を去った。

「祖父が手前を枕許に呼びまして、いつの間にか歳月が過ぎ、江戸の父も帰る時期を失ってしまっているのかも知れない、母も五十に近づいて、なにかと心細いことでもあろうから、折をみて江戸へ行き、もう一度、父とよく話をするようにといい残して逝《ゆ》きました。その祖父の百カ日もすみましたので、思い切って、妹と共に江戸へ参ったのでございます」

祖父の喪があければ、自分も嫁を迎える話があるし、妹も嫁入り先が決っているという。

「他人《うち》が家に入りましてからでは、いよいよ、父も帰りづらくなりましょう。せめて、今の中にと思いまして……」

庄太郎の話は情もあり、筋も通っていた。

「しかし、肝腎要《かんじんかなめ》のお袋様の気持はどうなんだ。仮にも他に女が出来て、十年も帰って来ない男を許す心があるのかどうか」

東吾にいわれて、庄太郎はためらいがちにうなずいた。

「正直に申しますと、お袋はまだ親父《おやじ》を怨んで居ります。けれども、祖父も申しましたように、年をとって来て気が弱くなっているのも本当でございます。親父がここでお袋に詫びてくれれば、あとは手前どもがなんとでもいたします」

「お前たちは、父親を怨んでいないのか」

庄太郎が妹へ視線を移した。

「親父が帰って来なくなりました当時、手前は十四、妹は九つでございました。お袋が親父を悪く申しますと、手前どももそうかと思います。情ない親父だと涙をこぼしたこともございます。ですが、手前どもが思い出す親父は、いつも優しかったことばかりで……その中に手前どもも、少しは人の気持を推しはかることの出来る年齢になりまして……養子だった親父が、口には出さなかったが、つらいこと、口惜しいこともあったのではないかと考えるようになりました」

今は、父親が家へ戻ってくるのを、むしろ願っているといった。

「お父つぁんの居所は、おわかりなんですかい」

二人の気持がはっきりしたところで、嘉助が訊いた。

「今も、深川の富岡町と申すところに、女と住んでいるのはわかって居ります」

ただ、どんな暮しをしているのか、くわしいことは知らないといった。

「いきなり訪ねて行ってよいものでございましょうか。それとも……」

「深川は、長助親分の縄張りだな」

東吾がすぐにいった。

「明日、源さんに声をかけて、ちょいと訊いて来てやるよ」

今夜これからといわなかったことで、るいは、ほっとしていた。なにせ、十日ぶりに狸穴《まみあな》から帰って来た東吾なのである。

翌朝、東吾は早々と「かわせみ」を出た。

前夜、嘉助が八丁堀へ行って話をしておいたから、畝源三郎もその時刻に屋敷を出て来た。

二人が顔を合せたのは豊海《とよみ》橋の袂で、つれ立って永代橋を渡って深川へ入る。

長寿庵へ行ってみると、長助は奥で蕎麦を打っていたが、すぐに職人にまかせておいて、店先へ出て来た。

富岡町に水戸から出て来た男で、庄兵衛というのが住んでいる筈だが、といわれて、ちょっと小首をかしげた。

「あいつのことでしょうかねえ」

町内では庄さんと呼ばれている男で、女房は深川の小料理屋の仲居をしている。

「亭主のほうは、これといって決った職がありませんで、日やといに出たり、町内の溝《どぶ》さらいをしたり、まあ、女房に食わしてもらっているというような按配でして、とても、水戸の大百姓の旦那にはみえませんが……」

ともかくも行ってみようということになって、長助が案内に立った。

路地の奥の陽当りの悪い三軒長屋の一つで、格子をはめた出窓のところに、まだ丈の短い朝顔の鉢がおいてある。

表はまだ雨戸が閉っている。隣で訊いてみると、

「庄さんとこは、おかみさんが夜遅いんで、寝てますけど、庄さんはさっき、洗いものをしてたから、大方、裏のほうにいるんじゃありませんかね」

という。

路地の突き当りの、一年中じめじめしているような溝のふちを通って、裏へ廻ってみると、男が一人、軒に洗濯物を干している最中であった。女物の肌襦袢や腰巻を竿に通している手つきは馴れていて、それが終ると足許の七輪にのっている鍋の中を丹念にかきまわしている。

みたところ、五十をすぎている様子で、髪にはかなり白いものが目立っていた。

長助が声をかけると、男はちびた下駄をひきずるようにして近づいて来た。

痩せてはいるが、背が高く、若い頃はなかなかの男前だったろうと思われた。だが、今、東吾たちの前に立っている男の印象は救いようもないほどに無気力で暗い。

「お前が、水戸の庄兵衛か」

無造作に東吾が声をかけると、相手はぴくりと体を慄《ふる》わせた。

「十年前に女房子を捨てて、水戸へは帰らなくなったそうだが……」

返事のかわりに庄兵衛は顔を伏せた。とがった肩が大きく上下している。

家の中からしゃがれた女の声がした。

「お前さん、なにしてるんだよ。おまんまがこげてやしないかい」

はじかれたように庄兵衛が走って行って七輪から鍋を下した。家の中へ低声でなにかいっている。

「いい加減にしとくれよ。この節、米がいくらしてると思ってんだい。おまんま黒こげにしやがって、ろくでなしったらありゃしない」

庄兵衛が怯《おび》えた様子で戻って来た。

「あいすいません。のちほど、番屋へうかがいますんで……」

東吾が苦笑した。

「水戸から庄太郎とお三重がお前に会いに出て来ている。話をする気があるなら、長助のところへやって来い」

家の中では、まだ女の悪態が続いていた。

「どうも意気地のねえ男で……」

路地を抜けて表の通りに出ると、長助がぼんのくぼをかきながらいった。

「いくら女房に養われているからって、大の男が女の洗濯をしたり、飯を炊いたり、あげくにどなりつけられて、へえへえいってるようじゃ世も末でさあ」

畝源三郎が首をひねった。

「水戸の大百姓の旦那が、どういうわけであんな暮しをしているのか見当がつきませんね」

女房子を捨てて、女と同棲しているのだから、

「余っ程、いい女なんでしょうが……」

「おまきってのは、そうたいしていい女じゃありません」

庄兵衛が一緒に暮している女のことであった。

「年齢はもう四十をいくつか越えている筈です」

「美人ではないが、男好きのするって奴じゃないのか」

いくらか面白そうに東吾がいい、長助がしかめ面をした。

「まあ、蓼《たで》食う虫も好き好きって申しますが、ごく当り前の、これといって取り柄《え》のない女のようにみえますが……」

家主のところへ寄って話を聞いてみると、これが亦《また》、さんざんであった。

「おまきって女は若い時分から茶屋奉公をして来たんだそうで、大変な酒食《さけくら》いでして、酒を飲んでる中は機嫌がいいが、翌日は大抵、宿酔《ふつかよい》で亭主に当り散らす、そりゃもう大変な剣幕で近所でも評判になって居りますんで……」

亭主も亭主で、いくら自分に働きがないといっても、女房の悪態にひっぱたくどころかどなり返すことも出来ないで、上膳《あげぜん》、据膳《すえぜん》で機嫌をとっている。

「女房のほうはよけいに苛々《いらいら》するんでしょうか、飯がまずいの、洗濯物の汚れが落ちていないのと、手当り次第にものをぶっつけたりするようで、よくよく意気地のない男だと、近所でも笑いものにされている始末で……」

そんなわけで誰も庄兵衛を相手にする者はなく、庄兵衛も近所づきあいは一切しないで家の中にひきこもっている。

「いったい、なにが面白くて生きているんだか、不思議な夫婦でございます」

二

果して庄兵衛が我が子に会いにやってくるかどうか、東吾にも自信がなかったのだが、畝源三郎と別れて、「かわせみ」へ戻ってくると、間もなく、

「長助親分が、庄兵衛さんをつれてみえました」

嘉助が、るいの部屋へ知らせに来た。

ともかくも水入らずで話をさせたほうがよかろうということになって、嘉助が庄太郎とお三重の部屋へ庄兵衛を案内して行き、長助は、るいの部屋へ来た。

「かわせみ」はちょうど仕事が一段落したところで、お吉が草団子にお茶を、別に甘いものの苦手な長助には、いつものことで、大きな湯呑に冷や酒を入れて、さりげなく傍へおいてやると、長助は嬉しそうに押し頂いて口をつけた。

「どうなんだ。庄兵衛の気持は……」

東吾に訊かれて、長助は湯呑を盆へ戻した。

「まあ、ああやって子供に会いたいというんですから……」

「水戸へ帰りたい心はあるのか」

「そいつはわかりませんが、今の暮しにいやけがさしているのは本当です」

大の男が女房に養われ、洗いものや炊事をしている。

「みじめにもなろうというもんで……」

「いったい、なんで水戸へ帰らなくなっちまったんですか」

縁側にすわっていたお吉が訊いた。その縁先には梅の実が干してある。

「こちらへ参る途中、道々、きいてみたんですが、やっぱり、養子に行っていろいろとつらい思いをしたようで……」

先代からの小作人に馬鹿にされたり、養父母に気を使ったり、

「殊に、かみさんのおっ母さんに当る人が、なかなかきつかったようです」

三度の飯も、仕事の都合で朝と昼は奉公人と一緒、夜だけが奥へ来て、養父母や女房と共に食べるという毎日だったと、庄兵衛はこぼしていたという。

「つまらねえことにこだわるんだな」

つい、東吾が笑った。

「男が働き盛りで仕事をしていたら、奉公人や小作人と飯を食うのは当り前だ。そのほうが働く連中にも張り合いが出来る。上に立つ人間と一つ釜の飯を食うというのは、気心が知れてなにかといいものだ」

おそらく、大百姓の家などでは、当主が奉公人と飯を食うことも、家訓の一つになっているのではないかと東吾がいった。

長助が、ぼんのくぼをかいた。

「あっしもそう思うんですが、庄兵衛って人は、気が小せえようで……」

「心の持ち方じゃありませんかね。俺は養子だってひがみがあったら、一事が万事、腹が立ったり、口惜しかったり、男なんだから、もっとおおらかにしてりゃいいのに……」

お吉がいっぱしのことをいい、庭越しに客の部屋のある二階を眺めるようにした。

「庄兵衛さんも若い中は辛抱していたんでしょうが、長年の不平不満がたまってくる。早くに先代が歿《なくな》って当主にでもなれりゃまだよかったんでしょうが、隠居したといっても、実際には先代が大旦那としてがんばっていなさるわけですから、いつまで経っても養子は養子で、そんな時に、江戸へ出て来ておまきと知り合ったっていってました」

四十を過ぎて、はじめて女房以外に知った女ということらしい。

「そういうのがいけないんですよ。若い中に一通り遊んでおかないと、中年になってつまらない女にひっかかるんです」

「俺のようにか……」

東吾がお吉の言葉の尾について笑い、るいに睨《にら》まれた。

「東吾様は、むかしむかしから、そっちのほうは滅茶苦茶ですもの」

「いつ、俺が……」

「知りません」

雲行きがおかしくなったところへ、嘉助が下りて来た。

「親子でございますねえ。手を取り合って泣いてます」

殊に父親は二人の子供に両手を突いて、

「お父つぁんが悪い、すまない」

と何度も頭を下げていたという。

「あの分だと、女と別れて水戸へ帰ることになるんじゃありませんか」

「おまきって人が承知をしますかしら」

心配そうにいったのはるいで、

「十年も庄兵衛さんを養ってきたんでしょう。それに、四十になっているんじゃあ、この先のことも気がかりでしょうし……」

女が若ければ、又、いい男をみつけてということもあろうが、四十ともなると、そううまい具合に行くものかどうか。

「金でございましょうねえ」

長助はあっさりいった。

「茶屋奉公をしているような女でございますから、少々、まとまったものを出してやれば話はつくんじゃありませんか」

二階の話し合いは一刻《いっとき》(二時間)あまりも続いた。

やがて下りて来たのは庄太郎で、

「父が水戸へ帰ることを承知してくれました。ただ自分の口からは、只今、一緒に暮している女に別れ話をいい出すのはどうにも気がとがめていけないと申します。つきましては、どなた様か、中に立って下さるお方はございませんでしょうか」

懐中から出したのは百両の金で、これでおまきに話をつけてもらえないかといった。

「ようがす。なんなら、畝の旦那に口をきいておもらい申して、なんとか、話をしてみましょう」

長助が百両をあずかり、庄太郎は畳に頭をすりつけて礼をいった。

「何分よろしくお願い申します」

長助が深川へ帰ったあと、暫くして親子三人が「かわせみ」を出かけて行った。

「日本橋へ買い物に行くんだそうで……」

帳場から嘉助がいいに来た。

「庄兵衛さんのみなりをととのえたり、土産物を用意なさるんだそうで……」

東吾はるいの部屋でくつろいでいた。部屋のすみの火鉢で、るいは昨日、お吉がすり下した青梅の果肉を土鍋で丹念に煮つめている。

「もう、深川の家へは帰らないんでしょうかね」

他人に別れ話を頼んで、自分は顔も出さないというのは、いささか不人情だと、るいはいったが、

「かえって逢わねえほうがいいのかも知れないぞ。どっちみち、とっくに気持ははなればなれになってたようだから……」

いわば成り行きで同棲が続いていたような男女であった。おまきのほうも、甲斐性のない男に愛想をつかしていただろうし、庄兵衛もそうした暮しにうんざりしていたとすると、

「他人に話をつけてもらうほうが、早いだろう」

と東吾は考えている。

「そんなものでしょうかねえ」

るいは、なにかいいたそうだったが、東吾がしきりに土鍋の中へ指を突っ込んで、煮つまって次第に黒っぽくなる梅をなめようとするのをたしなめている中に、その話はどこかへ吹きとんでしまった。

夜になって、「かわせみ」へ畝源三郎が来た。

「長助と、おまきに会って来ました」

おまきは百両の金を受け取り、念のために長助が用意した受領書にも爪印《つめいん》したという。

「格別、取り乱した様子もありませんでした。まあ、別れどきと思っていたのか、庄兵衛に未練がある様子でもないようで……」

容易に話がついたことで、源三郎も安心している。

庄兵衛を呼んで、その話をすると、彼は何度も頭を下げて礼をいった。

今日、日本橋あたりで買って来たのか、小ざっぱりした身なりで、髪床へ行って来たらしい顔がてかてか光っている。

「見違えましたね」

庄兵衛が去ってから源三郎が東吾に苦笑したように、前日、深川の長屋で女房にどなられながら働いていた時より、若返って上品にみえる。

東吾と軽く一杯飲んで、源三郎は八丁堀へ帰って行った。

二日が経った。

八丁堀の兄の屋敷へ帰って居た東吾を、畝源三郎が呼びに来た。

「長助のところに、内孫が生まれました。祝に行ってやりたいと思いますので……」

祝い物はるいが用意をして、「かわせみ」で待っているという。

「長助もいよいよ、本物のじいさんか」

笑いながら屋敷を出て、「かわせみ」へ寄ると、るいは外出着で待っていた。

「ここから先は、どうぞお二人で出かけて下さい。手前は御用の帰りに寄ることにします」

笑いながら源三郎が別れて行き、東吾はるいと肩を並べて永代橋を渡った。

今年は梅雨の入りが遅くて、今日も青い空が大川の上に広がっている。

長寿庵へ行くと、長助が恐縮しながら出迎えた。

「どうか、みてやって下さいまし」

住いになっている二階の、風通しのいい部屋に赤ん坊は機嫌のいい顔で寝かされていた。

女の児で、けっこう大きい。

「どことなく長助に似ているな」

東吾がいい、長助は下りっぱなしの眼尻を更に下げた。

祝い物をおき、長助の女房に挨拶をして店のほうへ戻ってくると、先に行っていた長助が、そっとささやいた。

「おまきが来ていますんで……」

店のすみで、蕎麦を食べている女を、それとなく教えた。

縞《しま》の着物に単帯《ひとえおび》を締めている。着物の好みも、着方も茶屋づとめの女であったが、顔はふけていた。長助が前にいっていた通り、美人でもなく色気も感じられない。

おまきは一人であった。

ひっそりと蕎麦を食べている後姿が、どこか頼りなげである。

「蕎麦が好きで、以前はよく庄兵衛と来ていたんですが……」

男が去って独り暮しであった。

「百両って金がありますから、かたく暮して行けば食うに困るとも思えません」

若い男にでもひっかかって金を巻き上げられることがなければよいがと、長助は他人の懐の心配をしている。

長寿庵の帰りに、東吾はるいと富岡八幡へ足をのばした。

このあたりは青葉若葉が鮮やかであった。

木場の掘割の水もぬるんで、若い衆が威勢よく働いている。

「庄兵衛は水戸へ発《た》ったのか」

甘酒屋で一服して、東吾が訊いた。

「明日ですって」

「随分、ゆっくりしているな」

女と話がついて、早々に江戸を出たと思っていた。

「庄太郎さんが江戸に御用がおありで、お三重さんもお嫁入りが近いとかで、なにかと買って行きたいものがあるようですよ」

「庄兵衛はなにをしているんだ」

「庄太郎さんについて、水戸様のお屋敷へ行ったり、お三重さんの買い物をつき合ったり、けっこういそがしい御様子ですけれど……」

親子三人、「かわせみ」の客になっている。

「深川へは一度も行かず、か」

「別に、とりに行くものもないんですって」

「さばさばしたものだな」

男には、水戸に女房が待っていた。二人の子供もあるし、水戸へ帰れば大百姓の旦那であった。

「女のほうが、分《ぶ》が悪いな」

長寿庵で、一人、蕎麦をすすっていたおまきの姿を思い出して、東吾が苦笑した。

「そうですよ。どうしても、女のほうが分が悪いんです」

「兄上には俺が話をするから、いい加減に祝言をあげるか」

ふっと東吾がいった。

「今のままだと、俺になにかがあった時、るいが困るだろう」

「縁起でもないこと、いわないで下さい」

るいが顔色を変えた。

「冗談にもそんなことをおっしゃらないで……」

「万が一っていってるんだ」

「万が一もへったくれもありません。鶴亀、鶴亀……」

泣き出しそうな顔をして、拝殿へ走って行くと、合掌している。

「馬鹿だなあ、るいは……。俺は真面目に夫婦になろうといっているんだぞ」

「じゃあ、今までは真面目じゃなかったんですか」

はぐらかしているるいの胸の中が、東吾にわからないでもなかった。

弟思いの神林通之進が、東吾とるいの仲を知りながら、夫婦になれといわないのは、兄嫁の香苗の実家である麻生《あそう》源右衛門《げんえもん》が末娘の七重《ななえ》の聟に、東吾を欲しいと切望していることも理由の一つであった。七重が東吾にひそやかな慕情をもっていて、嫁にも行かず、聟もとらないのも、通之進は気がついている。

それは、東吾にしても知らないわけではなかった。今更、七重と夫婦になるつもりはないが、妹のように可愛がって来た娘だけに不愍《ふびん》でならない気持でもある。一番いいのは、七重に好きな男が出来て、祝言をしてくれればいいのだが、今のところ、どうもその気配はありそうにないのだ。

その辺のところを承知しているるいにしてみれば、いくら東吾が夫婦になろうといってくれても、はい、そうですかとはいいにくい。

で、いつも、そういう話になると、わざと明るく茶化してしまう。

大川端の「かわせみ」へ戻って来たのが夕方で、出迎えたお吉が早速いった。

「今しがた、庄兵衛さんがお出かけになったんですよ」

おまきから使が来て、せめて別れに晩飯でも一緒に食べたいからといわれて、出ていったという。

「深川へ行ったのか」

「いえ、浅草ですって……」

女心だろうと、東吾もるいも思った。明日、水戸へ発ったら、おそらく庄兵衛は二度と江戸へ出てくることはあるまい。

十年一緒に暮した男と女の糸が、今日限りでふっつりと切れてしまうのだった。

「庄太郎とお三重はどうしたんだ」

「江戸の水戸屋敷のお知り合いのお招きとかで今夜はちょっと遅くなるそうです」

息子と娘の留守をねらって、庄兵衛はおまきと会いに出掛けた様子であった。

「それもいいだろう。どっちみち、明日は出立なんだ」

東吾はるいの部屋に落ちついて、さしむかいで飯をすませた。無論、今夜は泊って行くつもりである。

五ツ（午後八時）すぎに庄太郎とお三重が戻って来た。

庄兵衛が留守中に出かけたときいて、ちょっと眉をひそめるようにしたが、そのまま、自分たちの部屋へ上った。

だが、更に一刻《いっとき》経っても、庄兵衛は戻って来ない。

「まさか、おまきさんのところへ泊ってくる気じゃないでしょうね」

帳場へ出て行ったるいが、居間へ戻って来ていった。

「いくらなんでも遅すぎますもの」

明日の朝は早立ちの予定であった。

「女が別れを惜しんでいるのかも知れないな」

またしても、蕎麦を食べていたおまきの姿が目に浮んで、東吾は呟いた。

口汚く亭主を罵《ののし》っているのを聞いた時は、いやな女だと思ったが、ああいう姿をみると同情が湧かなくもない。

九ツ（午前零時）になった。真夜中である。

「手前が、深川まで行って様子をみて参ります」

嘉助がいい出した。

庄太郎とお三重も不安になって、帳場へ下りて来ている。

「まさか、今まで浅草の料理屋にいるとは思えませんから、戻るとすれば富岡町の家でしょう」

慌しく嘉助が出て行って、東吾もるいも、まさか寝るわけには行かない。

やがて、嘉助が戻って来た。

「ちょうど、長助親分が夜廻りに出るところでしたので、声をかけてもらいましたんですが……」

おまきの家は表も裏も閉っていて、叩いても返事がなかったという。

「隣近所はもう寝ていますし、あまりさわぎ立てるのもなんだと思いまして……」

ひょっとすると、入れちがいに帰って来ているのではないかと期待して来たのだが、庄兵衛は戻っていない。

「女の人に未練が出て、気が変ったんじゃありませんか」

お吉がいったが、東吾はそんなふうには思えなかった。年齢よりも遥かに老けて、色気もなくなっていたおまきをみているせいである。

長助がかけ込んで来たのは半刻後《はんとき》であった。

「どうも気になったんで、夜廻りの帰り、もう一度、寄ってみたんでさあ。叩いても返事がないのは、前の時と同じだったが、裏へ廻って雨戸に耳をつけてみるとうなり声が聞えます」

雨戸をはずして入ってみると、おまきと庄兵衛が苦しんでいる。

「若い者に医者を呼びにやりまして、あっしはこちらに……」

すぐに東吾が庄太郎とお三重をつれて、「かわせみ」を出た。嘉助と長助が供をする。

富岡町の家で、庄兵衛とおまきは口から血を流して苦しんでいた。

医者は来ていたが、手のつけようがないという。

「なにか、毒物を飲んだようですが……」

その時、お三重が懐中から竹の皮にくるんだものを出した。

まっ黒なかたまりで、梅の匂いがぷんとする。

「これを飲ませて下さい。毒を消す力があるって……うちでは代々、そういうふうにいい伝えられているんです」

医者は眉をしかめたが、ともかく、苦しんでいる二人の口に梅の匂いのする黒いかたまりをねじこんで、無理矢理、嚥下《えんか》させた。

夜があけるまでに、三度、お三重が小指の先ぐらいの梅の煮つめたかたまりを二人に飲ませ続けると、庄兵衛とおまきの苦しみは、嘘のように消えた。

「ほう、これはこれは……」

医者もあっけにとられて、それから先はお三重の独壇場になった。

夜があけてからは、黒いかたまりを湯で溶いて、さまして飲ませると、庄兵衛とおまきの容態は更によくなって来た。やがて、厠《かわや》に立って、腹の中のものを出してしまう。梅肉を飲んでは下し、また飲むというくり返しをする中に、一日が暮れ、医者も漸く愁眉《しゅうび》をひらいた。

二日目からは、梅の粥を、これもお三重が作った。

「驚いたな。梅にあんな力があるとは知らなかったよ」

るいの作った梅を煮つめた黒い液体を眺めて東吾が感心した。

「お三重が使ったのは、こいつを干してかためたものなんだそうだ」

食当りによく、夏まけにきき、万病に効果があるとは聞いていたものの、毒消しにまできいたとなると、小馬鹿にしてはいられない。

庄兵衛もおまきも、それで命をとりとめたのだが、五日ほど過ぎて二人の回復を待って畝源三郎が取調べてみると、奇妙な事実が浮び上った。

てっきり、おまきが無理心中をはかったと思っていたものだったが、

「たしかに、毒芹《どくぜり》を手に入れて来たのもおまきなら、それを団子に作ったのも、おまきなのですが、庄兵衛は毒と承知していて、一緒に食ったと申すのです」

一緒に死にたいとおまきがいった時に、庄兵衛が同意し、二人して毒団子を口にしたという。

「おまきがそういっているのか」

「いや、庄兵衛自身がそう申すのです」

無理心中ではなく、同意の上の心中だといっているらしい。

「どっちにしても、心中では厄介ですから、摘み草をして団子を作って食べたところ、二人とも食当りをして死にそこなったということに表向きはしてありますが……」

「庄兵衛に会ってみたいな」

源三郎のはからいで、数日後に庄兵衛が、「かわせみ」へ連れて来られた。庄太郎とお三重と共に東吾も、彼のいうのを聞いたのだが、

「まことにすまないが、自分はやはり水戸へは帰らない。死んだと思って、家のことはすべて庄太郎が継いで行ってくれ」

百両の金も返すといった。

庄太郎もお三重もあきれ果てながら、ともども、翻意するように声が嗄《か》れるまで説いたが、庄兵衛の気持は変らないようであった。

結局、庄太郎とお三重は水戸へ発った。殊にお三重は泣き泣きの旅立ちである。

「どういうんでしょうかねえ」

お吉は合点の行かない顔で、

「折角、息子さんと娘さんが迎えに来てくれたっていうのに、女と心中しそこなって、それでも別れないっていうのは、馬鹿としかいえませんよ」

それも、一度は子供たちの勧めに従って水戸へ帰ると決めていた庄兵衛が、である。

「水戸へ帰れば大百姓の旦那で何不自由なく暮せるのに、なにも茶屋女の紐《ひも》になって一

生、棒にふるなんて……」

たしかに、これから先の庄兵衛の生涯に、さしていいことがあるとは思えなかった。女に養われ、がみがみと叱言をいわれながら、家の中でくすぶっている。

だが、東吾もるいも、庄兵衛がそっちの生き方をえらんだ理由はわからないながら、心のどこかでほっとしているようなところもあった。

一カ月が過ぎた頃、東吾はるいをつれて富岡八幡の夏祭を見物に出かけた。

帰り道に、長寿庵へ寄ってみると、入口に近いところで、ぽつんと庄兵衛が腰をかけている。

東吾をみると立ち上って丁寧に頭を下げた。

ここで、おまきと待ち合せて蕎麦を食べて帰るところだという。

長助が麦湯を運んで来たので、東吾は思い切って訊いてみた。

「お前、なんだって、おまきと別れて水戸へ帰るのをやめたんだ」

おまきがかわいそうになったのか、といった東吾へ、庄兵衛はほろ苦い笑いを浮べた。

「それもあります」

「それじゃ、水戸で待っている女房は、かわいそうじゃないのか」

庄兵衛が遠い眼をした。

「あれは、どうも女房って気がしねえんですよ」

夫婦として十八年もの歳月があり、二人の子供までなしたものの、

「なんというか、主人のような、お嬢さんのような……ちょいと階段の上にいるような感じだったんです」

それから考えると、おまきのほうは、

「年中、喧嘩ばかりしていましたが、女房って気がしますんで……」

どっちの情にほだされるかといえば、おまきだと答えた。

「それに、考えちまいましてねえ。水戸へ帰っても、女房には頭が上りませんし、小作人や奉公人からも白い眼でみられるでしょう。親類には一通り、頭を下げて廻らなけりゃなりません。そんなことを考え出すと、どうにも億劫《おっくう》になっちまって……ですが、庄太郎にもお三重にも今更、いやだとはいえません。面倒くさくなって、いっそ死んじまったほうが楽ではないかと思いました」

死んでくれと、おまきがいった時は、むしろ嬉しかったという。

「この女だけは、まだ俺を見捨てないでいてくれると思うと、そりゃあ嬉しかったんです」

だが、その心中も娘の持って来た家伝の梅の秘薬でしくじってしまった。

「あとはもう、おまきと生きられるだけ生きるしかありません」

水戸へ帰らなかったことを後悔しないとはいえないが、

「自分には、今の暮しが分相応と思っているんです」

おまきが店へ入って来た。東吾や長助にお辞儀をして店のすみへ行って蕎麦を注文している。

こっちからみていると、どこにもいそうな初老の夫婦であった。

格別、話をするでもなく、ぼそぼそと蕎麦を食べ、勘定を払って帰って行く。

夏祭にはつきものの雨が降り出していた。

雨の中を庄兵衛がおまきの手をひっぱってかけ出している。

東吾と並んで、るいもその二人を茫然と見送っていた。

祭見物の連中が、雨宿り旁《かたがた》、長寿庵にわあっとかけ込んで来た。

持参嫁《じさんよめ》

一

狸穴《まみあな》の方月館の主、松浦方斎《まつうらほうさい》は直心影流《じきしんかげりゅう》の達人で、当代の遣《つか》い手といわれる練兵館の斎藤弥九郎の師に当る岡田十松の友人であったが、ここ数年、門弟の稽古《けいこ》は一切、八丁堀から通ってくる神林東吾にまかせて、自分は文字通り晴耕雨読の毎日を送っている。

温厚な人物で、鹿爪らしいところがないので、方斎を慕って集ってくる客が少くなかった。近在の大百姓や名主をつとめる者、或いは大店の隠居など、いずれも方斎の俳諧の友人だったり、刀剣鑑定を趣味とする仲間だったりである。

今日も一人、午《ひる》すぎからやって来て、方斎の居間で話し込んでいることは、東吾も知っていた。

道場と方斎の住む母屋とは、かなり広い中庭をはさんで渡り廊下がつないでいる。

朝から始まった稽古が終ったのは夕刻であった。

門弟のほうは入れかわり立ちかわりだが、師範代の東吾には交替がない。

最後の稽古が終って東吾が稽古胴をはずしていると、待っていたように善助が入って来た。方斎に私淑して、方月館の雑用一切と裏の広大な畑仕事の采配をふっている、いわば大番頭のような存在である。

「若先生、稽古がおすみになったら、大先生が居間のほうへお出で下さるようにとのことでございます」

別にいそぐわけではないから、一風呂浴びて汗を流してから来るようにとの伝言で、東吾は風呂場へとんで行った。

方月館の台所のきりもりをしているおとせが湯加減をととのえてくれている。

「青山から彦四郎旦那がおみえなんですよ」

外の焚口《たきぐち》へ廻って薪の具合をみていた善助が窓越しにいった。

青山の大地主で、方斎の俳諧仲間の一人である。

「あの旦那もお気の毒ですよ。姪《めい》に当る娘さんを漸《ようや》く嫁に出したと思ったら、一年も経たねえ中《うち》に歿《なくな》るってさわぎで……」

それは、東吾にとって初耳であった。

「病か、それとも……」

嫁いで一年というと難産でという例が少くない。

「へえ、それが、川へ身を投げたってきいてますんで……」

「いつの話だ」

「もう三カ月ばかり前で……」

善助が知っているのも、その程度らしい。

烏の行水で出てくると、汗くさい稽古着のかわりに、さわやかな肌ざわりの白絣《しろがすり》が用意してある。

「着流しでどうぞと、大先生がおっしゃってらっしゃいますから……」

障子のむこうからおとせがいい、東吾は手拭で汗をおさえながら、方斎の居間へ行った。

彦四郎という老人は、やや肥りじしだが、眼も鼻もきわ立って大きく、役者にでもしたいような立派な顔立ちをしている。

方月館へは比較的よく遊びに来るらしいが、東吾とは初対面であった。

方斎がひき合せ、二人が挨拶をかわすのを待ってすぐ本題に入った。

「折入って頼みがあるのだが、四谷に坂上周庵という医者が居る。本名を栄太郎といい、三十五歳になる男だが、その者について少々、調べてもらいたい」

「医者ですか」

東吾の視線が方斎から彦四郎へ向いて、老人が頭を下げた。

「実を申しますと、手前の末の弟の娘で信江というのが、昨年、坂上周庵へ嫁《かた》づいて居ります」

今しがた、善助から聞いた話だと東吾は気がついた。

「弟夫婦には二人の娘がございまして、信江は姉のほうでございます。両親が早くになくなりまして、手前が子供の時からひき取り娘同様に育てて参りましたが、仲に立って下さるお方がありまして、見合で坂上家へ嫁入り致しました」

ところが、嫁いで一年にもならない今年の三月に、突然、坂上家から使が来て、

「信江が綾瀬川に身を投げて死んだと申します。とるものもとりあえず、かけつけて参りまして……」

彦四郎が迎えの者と一緒に行ったのは、向島にある坂上家の別宅で、信江の死体はすでに検屍を終えて納棺されていたという。

「私どもの全く知らないことでございましたが、信江は今年になってから、体の具合が悪く、別宅のほうで養生をしていたといいます。それに、これもあとで知ったことですが、信江は嫁いで間もなく夫婦仲がしっくり行かなくなって、とかくふさぎがちだったと……」

「誰が、そのようなことを申したのですか」

東吾の問いに、彦四郎が顔を上げた。

「坂上家で、代脈《だいみゃく》をつとめている佐々木という者が教えてくれました」

「すると、夫婦仲の悪いのを苦にして身を投げたというのですか」

「他に理由が考えられません。なにしろ、遺書のようなものもございませんので……」

「坂上家へ嫁がれてから、信江どのが青山へ来られたことは……」

「二度、ございました。一度は嫁いで間もなく、しきたりの実家《さと》がえりで……二度目は昨年の暮に、手前の家内の病気見舞と歳暮の挨拶をかねまして……」

「その折、信江どのから、なにか話はなかったのですか」

「ございませんでした。どちらかといいますと、信江は口の重い娘で……けれども、死ぬほどの苦しみを心に持っていたならば、手前ども夫婦、或いは妹の加江になりと、打ちあけてくれたらよかったものをと……それが残念でなりません」

還暦をすぎたばかりという老人の頬に苦渋の色が濃かった。

「それで、手前になにを調べろとおっしゃるのですか」

それには方斎が答えた。

「坂上家に、また、縁談があるそうだ」

「周庵が後妻をもらうというのですか」

妻が自殺して三カ月であった。

「彦四郎どのが聞いた話では、深川の材木問屋の娘で、このたびも多額の持参金がついているというそうじゃ」

「このたびも、とおっしゃるのは、信江どのにも持参金があったのですか」

東吾がずけずけと訊ね、彦四郎は眼を伏せた。

「信江は生れつき、右足のつけ根のところに小さなアザがございまして、それで、縁談が遅れて居りました」

当人は一生、嫁に行かなくてもよいといっていたのだが、

「手前も家内も、なんとか良縁をと、人を頼んで居りました。歿った弟夫婦への義理もございます。どんなことをしても、幸せな輿入《こしい》れをさせてやりたいと存じました」

坂上家との縁談の時も、正直にアザのことを話し、見合もさせた。

「もし、当人を気に入ってくれるようなら百両の持参金をつけると、これは仲人を通して伝えました」

百両あれば、大方のことがなんとかなる御時世であった。家を建てるのも、傾きかかった商売にてこ入れするのも、百両が目安になった。

「一つには、それだけの金をつけてやれば、体に少々のキズがあっても、先方が信江を大事にしてくれるだろうと思ったためでございます」

縁談は成立して、めでたく信江は嫁入りをした。

「一年も経たない中に、変り果てた姿で対面するなどとは、思ってもみませんでした」

その涙も乾かぬ矢先に、再び、坂上家に持参金つきの嫁の話があるときいて、彦四郎は不安になったという。

「坂上は、信江の前にも、一度、おつれあいに先立たれたときいて居りました。それやこれやで、急に疑《ぎ》心暗鬼《しんあんき》にとりつかれまして」

坂上周庵が、持参金めあてで信江を妻にし、金をとり上げたあとは邪魔にして自殺へ追い込んだのではないかと、彦四郎はいった。

「手前だけではなく、手前の家内も、信江の妹も同じことを考えて居ります。もし、そうなら、許せません。弟夫婦にも申しわけのないことで……、そんな男のところへ、なんで信江を嫁にやってしまったのか……」

たまりかねたように、老人は手拭で両眼をおさえた。

東吾が方斎の居間から戻ってくると、善助とおとせが酒をあたためて待っていた。

「おききになりましたか、彦旦那の話……」

不幸な死をとげた信江のことは、善助もおとせもよく知っていて、

「どうも、こいつはくさい気がします」

「信江というのは、いくつだったんだ」

奥では訊きにくかったことを、善助へ問うた。

「二十五で嫁にいった筈ですが……」

「成程……」
十七、八から二十が、嫁入りの年齢であった。
「美人か」

善助が困った顔をした。

「妹の加江さんのほうは十人並み以上の器量なんですが……」

「彦旦那にしてみれば、苦労して嫁に出したってことだったんだろうな」

「おっしゃる通りで……なにせ、加江さんのほうは嫁に欲しい、聟《むこ》に行ってもいいって話がかなりあったようですから……」

「妹はいくつだ」

「二十二です。姉さんより先には嫁に行く気はないといって……彦旦那のかみさんが体が弱いんですが、その子がずっと看病してますんで……」

「信江さん、帰るに帰れなかったんじゃありませんか」

東吾のために枝豆のうでたのを運んで来たおとせがそっといった。

「不躾《ぶしつけ》ないい方ですけれど、百両のお金までつけてもらって嫁入りして、今更という気持が信江さんにおありだったと思います」

「坂上が、その辺を知っていて、死ねよがしにしたってのか」

「そうだとしたら、本当に許せないと思いますけれど……」

が、おおそれながらと訴え出ても、相手は罪にならなかった。夫婦の仲がしっくりしないのを苦に病んで、女房が川に身を投げたからといって、亭主を縛るわけには行かない。

翌日の午後、東吾は大川端の「かわせみ」にいた。

炎天下を狸穴から帰って来て、汗と埃にまみれていたのは、昼風呂でさっぱり洗い流し、仕立下しの上布の絣で遅い昼飯がわりの冷麦をすすっていると、

「長助親分が来ましたが……」

嘉助が声をかけて、額の汗を拭きながら蕎麦屋の長助が、入って来た。

東吾がここへ着くとすぐに下働きの若い衆を使にやって呼びよせたものである。

「すまなかったな、暑いところを……」

長助が笑った。

「なあに店の釜場にいるのからくらべたら、極楽でさあ」

お吉が持って来た麦湯を旨そうに飲んでいる。

「早速だが、深川の材木問屋の中津屋の娘に縁談があるのを知っているか」

長助が正直に眼を丸くした。

「若先生、いったい、どこでその話を……」

「娘はいくつだ」

「おはんさんですか、二十四、五の筈ですが」

「器量はどうなんだ」

「木場の若え連中は人三化七《にんさんばけしち》っていってまさあ」

「相当の不細工なんだな」

「かわいそうに疱瘡《ほうそう》が重かったそうで」

東吾の背後から団扇《うちわ》の風を送っていたるいが、不快そうにいった。

「そんなふうにおっしゃるもんじゃありませんよ。器量が悪くったたって、心がけのいい娘さんが、いくらだって、いなさるのに……」

　長助が、ぼんのくぼに手をやった。

「ですが、中津屋の娘は心がけもあんまりよくねえようで……子供の時分、病気がちだったてえんで、じいさん、ばあさんが甘やかして、おまけに顔がそんなですから当人もひがみって奴が強くて、あそこの奉公人はよくこぼしてますんで……気に入らねえことはみんな奉公人のせいにする。自分より器量のいい女中は目の敵《かたき》にして叩き出す。ま、近所の評判はさんざんです」

「中津屋は、他に子供は……」

「すぐ下の弟が、ぼつぼつ嫁をもらう年頃で、その下にも娘が一人……」

「親としては、焦《あせ》るな」

「世間の噂ですが、もらってくれるなら、持参金を三百両までは出してもいいといっているそうです」

「相場の三倍ですね」

　つい、口を出したのはお吉で、

「それだけつけたら、年の暮には、きっと売れますよ」

　正直な感想を喋ったおかげで、るいから睨まれた。

　実際、世間でいうところの持参嫁の縁談がもっとも早く決るのは年の暮で、商売が行きづまって背に腹はかえられない手合が息子に因果を含めるからであった。

「若先生のお耳に入った中津屋の縁談ってのは、四谷のほうの医者じゃありませんか」

長助がいい、東吾が苦笑した。

「知っているのか」

「昨夜、中津屋の旦那に呼ばれましたんで」

相手は四谷の医者で、大店や武家屋敷に患家を持っている立派な身分だが、これまでに二度、妻に先立たれているところが少しばかり気になるので、

「畝の旦那にでも、それとなく訊いてもらえないかといわれたんです」

「定廻りの旦那もらくじゃないな。嫁《ゆ》きおくれの娘の縁談の下調べまでやらされるのか」

東吾が憎まれ口を叩き、

「畝様は面倒みがいいから、頼りにされるんですよ」

るいが畝源三郎の弁護をした。

「お上のお役人の中には大店の出入り先の相談ごとをひき受けて、お礼金なんぞを受けとるお方もあるそうですけど、畝様は決してそういうことをなさらないって評判なんですもの。いいじゃありませんか、いくら、心配ごとをきいてあげたって……」

長助が威勢よく合点した。

「そうなんで……ですから、どこへ行っても畝の旦那のお調べっていいますと、なんでも正直に話してくれますんで……」

廊下に大きなくしゃみが聞えて、畝源三郎が真っ黒に陽やけした顔で入って来た。

「どうも、誰かさんが、手前の悪口をいわれたようですな」

二

日が暮れると、やや風が出た。

男三人は縁側へ席を移していた。

大きな月が川の上に上っていて、風流この上もない夏の夜なのに、話の内容はまことに無粋であった。

「坂上周庵というのは二代目です。先代は医者としての腕もよかったようですが、なかなか如才《じょさい》のない仁で、金のある、いい患家をいくつも持っていて、それがそっくり悴《せがれ》の周庵に受けつがれているようですが、二代目のほうはあまり評判がよくありません」

長助の頼みをひき受けて、律義に四谷まで行って来たという畝源三郎が話し出した。

「たけのこか……」

「いや、腕のほうは長崎まで行って蘭学を勉強して来たといいますから満更でもないのでしょうが、生来、気の弱いところがあって自分が診《み》ていた患者が歿ったりすると、ひどくまいってしまって当分、他の患者を診る気がなくなるようなのです」

「そいつは医者には向かねえな」

少し酒が廻っている東吾が巻き舌でいった。

「医者なんてものは、自分の診立て違いで病人が死んでも、薬石効《やくせき》なく、お気の毒でございましたといってのける面の皮の厚さでなけりゃやっていけねえ」

「周庵の場合は、患者が死ぬと、それまでの治療代は受けとらないそうです」

「そんなことをしたら、やって行けないじゃありませんか」

お酌にひかえていたお吉が口をとがらせた。

「お医者だって商売なんだし、世の中にはお医者の手に負えない病気だってあるでしょうが……」

「ですから、坂上家は二代目になって、かなり内証が苦しいようで……」

「それで、持参嫁か」

東吾が苦笑した。

「どっちにしても、情ねえ奴だな」

「最初の女房は、持参金付かどうかは知りませんが、やはり裕福な家の娘で、但し、病身だったそうです」

それで医者のところへ嫁にやったわけでもないだろうが、一年ほど経ったところで子供を流産し、それから先は寝ついたきりになった。

「向島の別宅も、その時に買ったそうで、半年余り療養したあげくに歿ったといいます」

再婚はそれから一年後のことらしい。

「ひょっとして、祟《たた》りじゃありませんかね」

お吉がいい出した。

「最初のおかみさんが死んだ向島の家に、二度目のおかみさんもいなさったわけでしょうが……」

同じように体を悪くして、別宅で静養中に綾瀬川へ身投げした。

「祟りですよ。その周庵って人、祟られているんですよ」

「三度目の縁談が、ちっと早かねえか」

お吉の恐怖を無視して東吾がいった。

「一度目と二度目のかみさんの間は一年だっていったな。今度は、二度目が死んで三カ月かそこらだろうが……」

まだ百カ日そこそこだというのに、もう三度目の縁談が始まっている。

「多分、手許不如意《てもとふにょい》が理由ではありませんか」

坂上家の奉公人の話だと、

「台所は火の車だそうですから……」

「なんで、そんなに金が要るんだ」

「本を買うそうです」

蘭学の本をしこたま買い込んで、本屋の支払いが馬鹿にならないといった。

「実際、坂上家に出入りをしている本屋を訊ねてみますと、医学に関する書籍なら、金に糸目をつけずに買っているそうです」

自宅でも夜更けまで本を読んでいるらしく、

「善意に解釈すれば、自分の腕の未熟さを少しでも補おうとしているのかも知れませんが……」

畝源三郎が集めてきた情報から浮び上ってくるのは、善良だが気の弱い、融通のきかない勉強家というのが、坂上周庵の人間像であった。

「当人に会ってみなければわかりませんが、持参金めあてに女房をもらうのはとにかく、女房殺しを企むほどの男とは思えません」

「一ぺん、誰かが診てもらいに行くというのはどうかな。患者になって、周庵に会ってみることだ」

東吾の視線が長助のほうをむき、それまで神妙に茶碗酒を飲んでいた人のいい岡っ引が慌てて手をふった。

「いけませんや。あっしは医者と灸《きゅう》だけは死んでもつき合いたくねえと思ってるんで……」

翌日の午後、東吾はなに食わぬ顔で八丁堀の兄の屋敷の門を入った。

おやおやと思ったのは、奥で兄の声がしていたからで、今月は非番ということもあって早く退出して来たらしい。

煙ったい顔をして、東吾は居間へ挨拶に行った。

通之進は机にむかっていた。傍で兄嫁の香苗が西瓜の種を取りのけている。

「東吾は今、狸穴から戻ったのか」

兄に訊かれて、東吾は神妙に頭を下げた。

「左様です」

「今しがた、其方を訪ねて客が来たそうだ。お前は狸穴からまだ戻らんといったら、合点の行かぬ様子だったと、香苗が申して居ったぞ」

兄嫁が慌《あわ》てて遮《さえぎ》った。

「いえ、そうではございません。あちらは青山からお出でになって、東吾様がいつこちらへお帰りになるか、御存じなかったのでございます」

東吾は兄のほうをみないようにして、兄嫁へ訊いた。

「青山から、いったい、誰が手前を訪ねて来たのです」

「加江様とおっしゃいました。東吾様には、まだお目にかかったことはないが、その方の伯父様が松浦先生のお友達とか……」

「名前は手前も聞いています。実はその娘の姉が婚家で自殺をしまして、そのことで方斎先生から御相談を受けたのです」

仕方がないから、ことのあらましをざっと兄に話した。

「多分、その件で、手前に話でもあるのでしょう」

「お前も、よくものを頼まれる男だな」

通之進が笑った。

「まあよい。折角、訪ねて来たのだ。力になってやりなさい」

冷や汗をかいて自分の部屋へ戻ってくると、あとから兄嫁が追って来た。

「加江さんとおっしゃるお方に今日は江戸へお泊りなさると聞きましたので、大川端のかわせみを教えてあげましたの。女一人ということでしたし、そのほうが安心な気がして……」

今頃は藤屋から「かわせみ」へ宿をとっていると思うから、行ってあげてくれといわれて、東吾はあたふたと座敷をとび出した。

さっき来た道をまっしぐらに大川端へとって返し、「かわせみ」の暖簾をくぐると、帳場に若い女がすわっていて、嘉助とるいが話をきいている。

「お前さんのおかげで、とんだ汗をかいたぜ」

るいの部屋へつれて行ってから、東吾は笑った。兄嫁が気を遣ってくれなければ、狸穴から昨日、帰ったことが危うくばれるところだったのだ。

「俺が神林東吾だが、用というのはいったい、なんだ」

るいの手前、誤解されたくないので、故意にそっけない口調でいうと、加江は途方に暮れたようだったが、やがて気をとり直したように口を開いた。

「青山の伯父から、あなた様が姉の死因をお調べ下さるとききましたが、本当でございましょうか」

丸顔のせいか、二十を越えているにしては子供子供してみえる。先刻、帳場からここへ来る時、随分、背の高い娘だと思ったが、顔はむしろ小さく愛くるしい感じがする。

「松浦先生のお頼みで、坂上家を調べているが、それが、なにか……」

加江が俄《にわ》かに膝を進めた。

「姉は殺されたんです。あたしはその証拠を知っています」

「証拠……」

「はい、昨年の暮に、姉が青山へ来た時、打ちあけてくれました。自分はとんでもないことをしてしまった。もしかすると殺されるかも知れない」

「なんだと……」

流石《さすが》に東吾も真顔になった。

「とんでもないこととは、なんだ」

「それはいいませんでした。何度も訊いたんですけれど、どうしても……それで、あたし、伯父さんに相談したらといったんですけど、相談してもどうにもならないって、泣きそうになって帰ってしまいました」

「殺されるかも知れないといったんだな」

「はい……あたし、よっぽど伯父に打ちあけようと思いました。ただ、下手にさわぎ立てて、かえって、姉を追いつめるのではないかと迷って……その中に、姉から文が来ました。この前のことは心配するな、なにもかもうまくいったからと……」

「その文は持っているのか」

加江が帯の間から大事そうに一通の書状を出した。やさしい女文字で、つまらぬことをいって心配させたことを詫び、もう安心だから誰にも話すなとくり返し書いてある。

「それなのに、姉は死んだんです。殺されたに違いありません」

「しかし、これだけでは、なんともいえんな」

妹には案じるなと書いたが、実際に悩みごとは解決していなくて、

「心労の果に、身を投げたということもあるではないか」

「姉さんは自殺なんかしません」

きっぱりと加江がいった。

「ああみえても、芯《しん》はとても強い人なんです。あたしにもよくいいました。人生なんて決していいものじゃないけれど、生きていればそれなりに面白おかしいこともあるからって……それが、姉さんの口癖だったんです」

黙っている東吾の膝へ片手をかけた。

「お願いです。あたしを坂上周庵と見合させて下さい、あの人に近づいて、姉さんのことを探り出します」

坂上周庵は自分の顔を知らないと加江はいった。

「姉さんの縁談や嫁入りの時、あたしは伯父のいいつけで一切、坂上家の人には会いませんでした」

信江が死んだ時は、その衝撃で伯母が倒れてしまったので、看病をしていて向島へは行けなかった。葬式にも出ていないという。

そこへ青山から彦四郎が訪ねてきた。

「八丁堀のお屋敷へ参りましたら、加江はこちらと教えて下さいまして……」

若い女が思いつめて家をとび出したことに仰天して追って来たらしい。

ちょっと考えて、東吾は彦四郎を別室へつれて行った。

「坂上周庵は加江さんの顔を知らないというのは本当か」

彦四郎がうなずいた。

「死んだ信江にはかわいそうなことですが、姉妹でも加江のほうがずっと器量よしでございます。それで、信江の縁談の時には妹を先方にひき合せ、万一にも妹のほうがいいといわれては困りますので、病中ということにして、一切、対面はさせませんでした」

葬式に出さなかったのも、

「加江は気性の激しい娘でございます。むごたらしい姉の姿をみて、万一、とりかえしのつかないことでも口走るのではないかと……」

それだけ配慮をしたにもかかわらず、妹は姉の敵を討つ決心をしている。

「俺に少々、考えがある、加江さんの言葉で思いついたんだ。暫く、まかせてくれないか、危いことはさせない」

東吾の言葉に、結局、彦四郎は承知した。

「どうぞ、加江をお願い申します。あの子は一度、こうと決めたことは必ず、やりとげる強情者でございますから……」

一日も早く、姉のことはあきらめて、幸せに嫁いでもらいたいのが伯父の心だが、

「自分が納得しない限り、無理でございましょう」

疲れ切った様子で、彦四郎が青山へ帰ってから、東吾はるいに加江をあずけ、畝源三郎のところへ行った。

畝源三郎が動き、長助が動いて、数日が過ぎた。

東吾が「かわせみ」へやって来た時、加江は裏庭でるいに小太刀の稽古をつけてもらっていた。

「どうしても教えてくれってきかないんです。身を守るためだといわれて……」

るいは恥かしそうに弁解したが、加江のほうは悪びれた様子もなく、東吾の前でびゅんびゅん木刀をふっている。

「近頃の女は、おっかねえな」

が、内心、東吾はそのくらいの気力があれば大丈夫だろうと思っていた。東吾の計画はまず当人がしっかりしていないととんでもないことになる。

「見合の日を決めて来たぜ」

加江にいった。

「相手は坂上周庵、但し、お前さんは深川の材木問屋中津屋の娘のおはんってことにな

「る……」

るいが青くなった。

「大丈夫なんですか、そんな……」

身代りの見合であった。

「中津屋のほうは源さんが話をつけたよ」

明日、浅草の東本願寺の前にある三国一の甘酒屋に、おはんは付添いと共に出かけて行く。

「先方は代脈の佐々木というのが、周庵をつれてくるそうだ」

幸い、坂上家のほうはまだ本物のおはんの顔を知らない。

「見合をしてみて、もう二、三回、会ってみてえとかうまい口実をつけて周庵の様子をみることだ。その辺は付添いがうまくやるさ」

「どなたが付添いになるんですか」

るいが訊《き》き、東吾が照れくさそうに答えた。

「先方を油断させるには女がいいんだが、そんな器用なことの出来るのは、るいぐらいしかいないだろうと源さんがいうんだよ」

見合の時も、そのあとも必ず畝源三郎や東吾が近くで見張っているから危険はないが、

「俺としては、どうもな」

るいが嬉しそうに笑っていった。

「私でお役に立ちますなら喜んで……」

三

見合の当日、東吾は八丁堀からまっすぐ浅草へ行った。

東本願寺の境内は参詣の人も少く、名物の甘酒屋も夏のことで、閑散としている。

「どうも場所がまずかったですな。こう人が少いと目立ちますよ」

先に来ていた源三郎が石燈籠のかげでいった。彼も東吾も、今日はひどく野暮ったい恰好であった。勤番侍が浅草見物といった体である。

「あれが坂上周庵です」

甘酒屋の縁台に男が二人、茶を飲んでいた。

どちらも総髪で医者だということがよくわかる。一人は三十五、六、中肉中背で体つきはがっしりしているが、顔色はよくなかった。

表情も暗い。もう一人は四十をいくつか越えていそうであった。男前はこっちのほうが上で、みるからに実直そうでもある。

「代脈の佐々木良介といいまして、先代の門弟です。腕も確かで近頃の坂上家は患者の大方を佐々木が診ているそうですよ」

「周庵は本の虫、商売は代脈まかせか……」

源三郎が東吾を軽く突いた。知らせられるまでもなく、東吾はるいに気がついていた。

いや、正直にいえば、あっけにとられて、るいを眺めていたといってよかった。

眉を落し、お歯黒を染め、髪も着物も商家の若女房のようである。一緒にいる加江をひきたたせるために、万事地味に装っているが、それが逆にあでやかで色っぽい。

優雅な物腰で、るいは佐々木に声をかけ、周庵に挨拶してから、おはんに化けた加江をひき合せた。

「るいさんに見合の付人なんぞ頼むもんじゃありませんね。どんな花嫁だって、影が薄くなりますよ」

源三郎がいったが、東吾は少し怒ったような顔で返事をしなかった。周庵も佐々木も、加江をそっちのけで、るいに気をとられているのが、みているとよくわかる。

四人はやがて茶店を出て大川のほうへ行った。

「舟に乗るんじゃないか」

尾《つ》けていた東吾がいい、源三郎が落ちついて手をふった。

「大丈夫ですよ。そういう打ち合せで、長助が船頭と一緒に舟に乗っています」

みると、舳《へさき》のところに手拭で頬かむりをした長助がちんまりと腰を下している。竿は本職の船頭が取り、屋根舟は悠々と川の流れに漕ぎ出して行った。

「東吾さん、そんな顔をしなくとも御心配なく。柳橋で舟を下りたら、今日はそこで別れる手筈になっていますから……」

茫然と突っ立っている東吾の肩を、源三郎がおかしそうに叩いた。

一足先に「かわせみ」へ戻っていると、やがてるいと加江が帰って来た。万一を考えて、深川にある中津屋の別宅へ行き、そこで着がえをして夜になるのを待って出て来たという。

二人の女からみた周庵の印象は、そう悪いものではなかった。口が重く、ついて来た代脈が座をとりもつのに苦労していたくらいで、今度の縁談に乗り気なようではないが、るいが訊くことは、なんでもはっきり答えたという。

「お母様が早く歿って家の中が寂しかったんですって。兄弟もないし……それに、子供の頃から学問第一に育てられて、自分でも面白味のない人間になってしまって友達も出来ないし、まして女の人が自分についてくるとは思えないなどとおっしゃるのですよ」

「殺し文句だな」

東吾は鼻の先で馬鹿にした。

「そんなことでもいえば、馬鹿な女が同情すると思っているんだ」

「代脈の佐々木さんとおっしゃる方も、いい人でしたよ。自分の先生の息子に当る周庵さんが二度も奥様に先立たれて、家の中が暗くなるのを心配してました」

加江の感想も似たものだったが、周庵に対する疑いは解けていない。

「今度は四谷のお宅へお邪魔することにして来ました。お医者の家の中ってどんなものかみせて頂きたいといいましたの」

「承知したのか」

「お二人でどうぞ、ですって」

「るいがついて行くのか」

「乗りかかった舟ですもの」

東吾はいやな顔をしたが、るいは二日後、加江を伴って、四谷の坂上家へ行って来た。

「代脈さんは患家へ出かけていて、病人は周庵さんが診ていました」

家の中には下働きの女中ぐらいしかいないので、なんとなく加江とるいが周庵の手伝いをしたのだが、

「病人にとても親切で、そりゃあ熱心に診ていました」

「女にいいところをみせようってんだよ」

自分が計画したことなのに、東吾は中《ちゅう》っ腹《ぱら》で、

「そんな男なら、まさか女房を殺すこともないだろう。加江さんも納得したんじゃないか」

もういい加減に身代り見合はやめたほうがいいといった。

加江は考えていたが、どうせここまでやったのだから、向島の坂上家の別宅へ行ってみたいといい出した。

「姉は死ぬ前、ずっと向島の家にいたんです。もし、手がかりがあるとすれば、そこではないかと思って……」

すでに周庵には、次の機会に向島の別宅でお目にかかりたいといって来たという。

「そいつは気が進まねえな」

「周庵様も、あまり、いいお返事ではありませんでした。いずれ、使を下さるとのことで……」

前の女房の自殺した家であった。そこへ次の女房になるかも知れない女を招くというのは、周庵ならずとも、抵抗があるに違いない。

だが、返事は意外に早く来た。

中津屋に来た手紙を長助が大川端へ持って来たのをみると、二日あとの夕暮どきという。

「蛍《ほたる》見物にどうかって書いてありますけど」

るいは今度もついて行く気でいる。

「夜か」

呟《つぶや》いて、東吾がそそくさと八丁堀へ帰って行ったのは、畝源三郎と相談するつもりらしい。

坂上家の向島の別宅は、水神の森の裏側で、道をへだてたところに木母寺《もくぼじ》の境内がある。向島の桜並木からも、そう遠くはないが、周囲は畑地ばかり、屋敷の横が綾瀬川であった。その日の昼、代脈の佐々木が手伝いの女たちを伴って来て、久しく戸を閉めてあった別宅をすっかり掃除させた。彼が帰ったのが夕方で、入れかわりのように周庵が家に入る。

るいと加江は深川から舟で来た。

寺島の舟着場で上ると、周庵が自ら迎えに来ていて、夕風の中をそぞろ歩きで別宅へ向う。

案内されたのは奥の部屋で、八百善から取りよせたという料理の膳が出た。酒も少し、周庵はあまり強くないようであった。

いい具合に夜になって、庭に蛍が光りはじめた。

綾瀬川から水をひいた池の周囲を、淡い光芒《こうぼう》をひいて光った虫の飛びかうのは、妖《あや》しげな風情がある。

るいも加江も周庵と共に庭下駄をはいて外へ出た。川風が快い。

女中が来たのは、そんな時で、近くの百姓家で急病人だという。坂上家が医者と知っていて、頼みに来たらしかった。

「困ったな」

周庵はためらっていたが、加江が傍からいった。

「どうぞ、診てあげて下さいまし。私たちは蛍をみて居りますから……」

それで決心がついたらしく、周庵は迎えに来た男と一緒にあたふたと出て行った。

あとはひっそりした別宅の中である。

女中が酒を運んで来て、加江がさりげなく訊いた。

「前の奥様が病気を養ってお出でだったのは、このお部屋でしょうか」

女中が当惑気味に返事をした。

「いえ、こちらではございません。廊下の突き当りの部屋で……」

るいがいった。

「お気の毒に、まだお若かったそうで……」

酒を手にした。

「どうぞ、私ども、勝手に頂いて居りますので、おかまいなく……」

女中が去ると、加江が廊下に出た。用心深く、るいがあとに続く。

突き当りの部屋は暗かった。

先に加江が障子をあけて一足入る。るいはふりむいて、廊下のむこうを眺めた。誰もいない。

ぐっと押し殺したような声が聞えて、るいは開いている障子の中へ半身を入れた。男が襲いかかって来たのはその瞬間で、一度は逃げたが、すぐ背後から押し倒された。男の手がるいの口を押え、片手が咽喉《のど》へかかっている。必死でもがいたが、男の体は岩のように重かった。

そんな状態で、るいは水の音を聞いた。ばしゃばしゃと水面を叩くような音である。

廊下に足音がした。

「なにをしている……。誰だ」

周庵の声であった。

るいを押えつけていた男が、周庵へ脇差を抜いたようであった。

周庵が廊下へ逃げ、男が追った。そこまでであった。

「馬鹿野郎」

威勢のいい声がとんで、男が板敷へ叩きつけられた。

「東吾様」

「るい、大丈夫か……」

「水の音がしているんです」

それで周庵が部屋へ入った。慌てて行燈《あんどん》に灯をつける。

部屋は外縁が川の上に張り出した恰好になっていた。綾瀬川が大川に流れ込むところで、かなり深い。加江はその川の中でもがいていた。

周庵がとびこみ、まわって来た長助とその若い連中が手助けして二人を救い上げる。

半死半生の加江の手当は周庵がした。

その頃になって、るいは縛り上げられている男の顔をみた。

代脈の佐々木良介は、今までとは別人のような人相をしていた。

「女なんてのは全く、人をみる眼がねえんだから、情ねえのなんのって……」

数日後の「かわせみ」のるいの部屋で東吾はいい加減酔っぱらっていた。

すでに一件は落着して、加江は青山から来た彦四郎に伴われて伯父の家へ帰っていた。

で、今夜の席にいるのは、東吾と源三郎と、あとは「かわせみ」の、るいにお吉に嘉助。

「なにが、御立派で実直そうな代脈さんだ。あんな大悪党を……」

しょんぼりしているるいのかわりにお吉がいった。

「そりゃわかりませんよ。大体、悪党ほど悪党じゃないって顔してお上の目をくらましているんですから……。みんながみんな、悪党が、俺は悪党だって顔してたらなにも畝様が汗を流して町廻りをなさることはありませんでしょうが……」

畝源三郎は食べかけの茶碗をおいてうなずいた。

「その通りですよ。長年、一緒に暮していた周庵が気がつかなかったくらいですから、よっぽどうまくごまかしていたんです」

佐々木良介が目をつけたのは、先代からの裕福な患家であった。

金持の患家をいくつか持っていれば、医者は一生、安楽に暮せる。

「幸い、二代目は気が弱くて、まじめすぎる。いくら名医が診たって、人間、寿命が尽きれば死ぬのだと割り切りゃいいものを、手前の勉強が足りないせいだと、ひたすら本の虫になって、家の中のことは佐々木にまかせっきりです。財産も金も佐々木にいいようにされ、金が足りない、借金が出来たと苦情をいわれ、持参金めあてに嫁をもらえといえば、いう通りにするより仕方がないとあきらめていたんですな」

学問に夢中になって世間を知らなかったのが間違いのもとだったと、源三郎はいう。

「まあ、父親がやりてで、苦労なしに育った二代目ですから、無理もありません」

「なんで、信江さんを殺したんですか」

お吉が訊いた。

「それとも、あれは自殺ですか」

「信江は佐々木といい仲になってたんだよ」

東吾が教えた。

「嫁には来たものの、亭主は学問ばっかりしていて、女を可愛がる方法はまことに未熟だったんだな。女にしてみれば、自分の器量にも体の欠陥にもひけめがあるから、それで亭主がそっけないと思う。そんな時に、横から気のきいた奴が甘い声で誘ったもんで、つい、うっかり間違いをおこしちまった……」

「とんでもないことをしてしまったって、妹さんにいったのは、代脈さんのことだったんですか」

「代脈も、あんまりいい腕とはいえねえな。信江が罪の子をみごもって、薬でおろそうとしたんだがしくじった。信江のほうは腹の子がかわいくなって、亭主になにもかも打ちあけて、離別をとり、改めて佐々木と夫婦になりたいといい出した。佐々木は慌てたね。信江と添いとげる気なんぞさらさらない。第一、信江のことがわかれば周庵に追い出される。今まで甘い汁を吸って来たのが、御破算だ」

「それで殺したんですか」

「加江が、ばしゃばしゃやってた流れにつけて水死させ、上流へかついで行って放り込んだそうだ。ひでえもんだぜ。仮にも医者だよ。医は仁術なんて誰がいったんだ」

「いいお医者様だっていらっしゃいますよ」

るいがいった。

「周庵さんだって、今まではとにかく、今は一生けんめい、いいお医者になろうとして、けっこう、患者さんが押しかけてるって、長助親分がいってましたよ」

「るいは、あんな末成《うらなり》がひいきなのか」

東吾がすねた声でいい、盃を突き出した。

「かわいそうだっていっただけじゃありませんか。誰かさんにくらべたら、あんな人、月とスッポン、釣り鐘に提灯……」

小さく笑って、るいが東吾により添った。

「しかし、危かったですよ。まさか、あんな早くに、身代りがばれると思いませんでした」

東吾とるいのほうをみないようにして、源三郎は茶碗の飯の上に茶をかけてもらった。

「まあ佐々木が変だと思うのも無理はないので、持参嫁っていえば人三化七《にんさんばけしち》と相場がきまってるのに、加江さんって人は十人並以上の器量ですからね」

おまけに、向島の別宅へいってみたいと加江がいい出したことで、佐々木はぴんと来たらしい。

「そこは、なんといっても脛《すね》に傷持つ身だから、もしやと思って、中津屋のほうを調べると、おはんという娘の人相と、本願寺で見合をした娘とはまるで違う。佐々木はそのことを周庵に内緒にしておいて、加江とるいの始末をしようとしたんだな」

向島の庭に源三郎も東吾も張り込んでいたからいいようなもので、さもなければ姉の敵討ちどころか、信江の二の舞だと東吾はいった。

「なのに、るいまでが蛍にうっとりしてやがるんだから……」

るいが団扇《うちわ》で東吾をあおいだ。

「でもねえ、加江さん、あの人に同情なすったみたいですよ。案外、お姉さんの一周忌がすんだら、四谷へお輿入れってことになるかも知れない」

「蓼《たで》食う虫も好き好きといいますからな」

源三郎が箸をおいて立ち上った。

「どうも、長々とお邪魔をしました」

その背中へ東吾がどなった。

「帰らなくたっていいぞ。源さん、今夜は飲みあかそう……」

だが、お吉も嘉助も素早く、源三郎を送って出て行った。

「おい……もっと、酒を持って来いよ」

るいが、やんちゃな亭主の口をそっと袂《たもと》で押えた。

「馬鹿ばっかし……みて下さいな。お月様だって、もうおやすみですよ」

空には雲が流れていた。

みえたとしても、今夜の月はもう細い。

蚊やりの煙がゆるゆると縁先に這《は》っていた。

幽霊亭《ゆうれいてい》の女《おんな》

一

日の暮れ方に夕立が来た。

雷鳴も凄《すご》いが、雨のほうもすさまじく大川の水かさが忽ち増して、要心深い嘉助が川っぷちにみに行ったほどだったが、半刻足らずで、さっと上った。

薄陽のさしている「かわせみ」の庭は、あっちこっちに水たまりが出来て、気の早い雀が、もうとんで来て水あびをしている。

「いい按配《あんばい》に涼しくなったな」

るいの部屋の障子があいて、東吾が縁側へ顔を出し、その声で台所からお吉がやって来た。

「おしめりはよござんすけど、雷様がどうにかなりませんかね。ああ、ぴかごろ、ぴかごろやられたんじゃ、うちのお嬢さんがたまりませんよ」

るいの雷嫌いは子供の時からで、野っ原で遊んでいて夕立にあい、すぐ近くの大木に雷が落ちて、その下で雨宿りをしていた侍が黒こげになって死んだのをみて以来のものである。

「今日は大丈夫だ。俺が蚊帳《かや》の中でしっかり抱いてやっていたから、雷さまさまだとさ」

東吾の大声で、少し青い顔をしたるいが蚊帳をめくって出て来たが、まだ気息奄々《えんえん》という感じで腕白亭主の冗談をたしなめる余裕もない。

「大丈夫ですか。お嬢さん。今日の雷は格別、しつこかったから……」

お吉がまめまめしく、麻の座布団を次の間へ並べ、自分は奥へ行って蚊帳を片づけた。

口は悪くとも、気持は優しい東吾のことで、ひょいと立って行ったかと思うと、麦湯を持って来て、

「飲むか」

と、手許へおいてやったり、団扇《うちわ》をとって脂汗の滲んでいるるいの衿許《えりもと》へ無器用に風を送ったりしているのを、お吉はみてみないふりをしながら、ああ、うちのお嬢さんは本当に実のある人がついていてよかったとほっとしていた。

「お吉は、雷は怖くないのか」

自分で、あてつけがましいことをいったくせに、東吾は照れかくしに、お吉に話しか

けた。

「あたしは雷様は平気なんですがね」

いくら、るいがとめても、稲妻の下を悠々と傘をさして出かけたりする。

「お吉はお化けが怖いんですよ」

漸《ようや》く血色が戻ったようなるいがいいつけた。

「それも、よくありますでしょう。お祭の時なんかの掛け小屋で、お化け屋敷っていうの。あんなのが怖くて、どうしても入らないんですよ」

「井戸端に柳があって、火の玉がとんで、髪をふり乱した女がうらめしやっていう、あいつか」

東吾がへんな手つきをして、お吉が笑い出した。

「よして下さいよ。若先生のお化けなんて、怖くもなんともありませんよ」

江戸の夏は、浅草の奥山や、諸方の神社の境内などに、きまって女子供相手のお化け屋敷の見世物が出た。

大方は東吾がいうように、井戸端に円山応挙《まるやまおうきょ》の絵にあるような幽霊や、口に剃刀《かみそり》をくわえた丑《うし》の刻《こく》まいりの女の姿をした人形を暗がりの中において、作りものの火の玉をとばしたりして客をおどかす。たまには本物の人間が幽霊に扮することもあるが、それにしても子供だましの三文芝居であった。

「いえね。馬鹿馬鹿しいってのはわかっているんです。この世の中にお化けだの、ろくろっ首なんぞあるわけはないとわかっていて、やっぱり気味が悪いじゃありませんか」

庭先に人影がさした。

「ほう、こちらでも幽霊ばなしですか」

連日の町廻りでまっ黒に陽やけした畝源三郎が、麻の帷子《かたびら》の尻っぱしょり、足袋はだしで片手に雪駄を下げて入って来た。

「なんだ。源さん、その恰好は……」

洒落者《しゃれ》ぞろいの八丁堀の中では、平素からなりふりかまわない源三郎ではあったが、それにしても、粋な定廻りの旦那らしくもない出立ちである。

「夕立の中をかけ出したのが運のつきでしてね。雪駄の鼻緒を切って、このざまです。いくらなんでも、この恰好で町中は歩けませんので……」

「かわせみ」の裏から庭へ入って来たのはそのためらしい。

「畝の旦那、色男が台なしですよ」

お吉が甲斐甲斐しく手桶に水を汲んできて、汚れた足袋を脱がせて、足を洗うと、

「ついでだ。源さん、一風呂浴びたほうがいい」

東吾がいい出して、すぐにるいが風呂場へ案内した。

湯上りには東吾の浴衣を着せられて、

「お召しものは、随分、はねが上っていますから、今の中《うち》に洗ってしまいましょう」

お吉がさっさと井戸端へ持って行った。

漸く夜になりかけて、大川からの風がいい具合に吹き込んでくる。

「話は、なんだ」

盃を二つ三つ干してから、おもむろに東吾が訊ね、酒の肴《さかな》を運んで来たお吉が素頓狂《すっとんきょう》な声を出した。

「畝様は下駄の鼻緒を切らして、とび込んでみえたんじゃありませんか。別に若先生を、ひっぱり出しにみえたんじゃございますまい」

「それがそうでもなさそうだな」

東吾が笑った。

「鼻緒を切らしたのは、俺に話があって、かわせみへ来る途中。その話というのは、どうやら幽霊にかかわり合いがありそうだ」

庭へはいって来た時、源三郎が、ここでも幽霊の話かといったのを、東吾はちゃんと耳にとめていた。

「幽霊が事件を起したんですか」

「前に、幽霊が殺されたって話があったっけな」

お吉と東吾のやりとりを、にこにこと眺めていた源三郎が盃をおいた。

「深川の逍遥亭《しょうようてい》を御存じですか」

「あいにく行ったことはないが、名前は知っているよ」

鰻屋の多い深川の中でも指折りの店で、

「先代が向島の八百善で修業をしていたせいで、鰻の他に、ちょいとした庖丁を使い、それが評判でけっこう繁昌していました」

その先代の彦太郎が五年前に病死して、

「女房のおきたといいますのが、なかなかしっかり者で愛敬がよく、いい板前も揃って居りまして、彦太郎の死んだあとも客足が落ちませんでした」

そのおきたが今年の冬、風邪をこじらせたのがもとで、床についたきり、どうもはかばかしくないという。

「おいくつなんですか」

そっと、るいが訊《たず》ね、

「まだ五十には、一つ二つ間があるそうです」

神妙に源三郎が答えた。

「そんなお年でもありませんのにね」

「子供はどうなんだ。その年なら、けっこう大きな子供がいるんだろう」

といったのは東吾。

「一人息子で清吉というのが、二十八になっています」

「ぐれて、家をとび出しているか」

東吾の当てずっぽうに、源三郎が眼許を笑わせた。

「只今は、家へ戻っています」

「それが、いったい、幽霊とどういうつながりがあるんですか」

部屋のすみにいたお吉が、たまりかねて口をはさんだ。怖いもの聞きたさという顔である。

「幽霊は、逍遥亭に出るんですよ」

畝源三郎がなかば苦笑気味にいった。

「奉公人が何人もみたといいますし、客もみているようです」

「誰の幽霊なんだ」

「誰の、といわれると困りますが、噂では、清吉の、むかしの女じゃないかといっています……」

突然、お吉が悲鳴を上げた。

「そ、そこに、誰か……」

指さしたのは暗い縁側で、

「いやだ、番頭さんじゃないの」

東吾にすがりつきかけたるいが笑った。

だしぬけに悲鳴を上げられた嘉助のほうはあっけにとられていて、

「どうかしたのかね、お吉さん」

「どうもこうも、ありませんよ。足音も立てないで入ってくるんだもの……」

嘉助が源三郎へ顔をむけた。

「深川の長助親分から使が来て居ります。逍遥亭のおかみさんが、殺されなすったとか」

源三郎と東吾が、同時に立ち上った。

二

大川を渡って深川へ入ると逍遥亭は近かった。

店の前には長助のところの若い者が何人か立っていて、噂をきいてやって来た近所の野次馬を追い払っている。

丸木の柱を二本並べた門から玄関までは、両側に竹が植えてあって、歩くところだけ玉砂利が敷きつめてある。

気のきいた数寄屋造りの家はそう広くもないが、客用の部屋数は二階と合せて五部屋ぐらい、それとは別に階下に広間があって衝立《ついたて》でいくつにも仕切り、安直に鰻重などが食べられるようにもなっている。

逍遥亭の家族の住いは、中庭をへだてた裏側で、こっちは平屋であった。

自分の縄張り内のことで、長助は緊張した表情で現場をかためていた。

そこは、逍遥亭の中では一番、奥まった客室で三方が庭の、ちょっとした離れ家風の部屋であった。中庭に面したところは濡れ縁があり、沓脱石《くつぬぎいし》の脇には八つ手のしげみがあって、そのかげに小さな井戸がある。

逍遥亭の女主人、おきたは、その井戸の裏側に倒れていた。

源三郎と東吾が近づいてみると、おきたの着衣はぐっしょりと濡れている。うつ伏せになっている体の下は血の海であった。

長助が肩を用心深く抱えて死体を抱きおこすと、胸には短刀が深々と突きささっている。

「あっしがかけつけた時には、もう冷たくなって居りまして、それで刃物もそのままにしておきましたんで……」

店の者の知らせで長助が逍遥亭へ来たのが、ほんの小半刻（三十分）前だという。

おきたは白っぽい浴衣に浅黄の伊達巻を締め、庭下駄をはいていた。髪は病中のことで一つにまとめて元結《もとゆい》で結んでいたのが、殺された時のはずみで切れたのか、ざんばらになって顔にかぶっているのが凄惨《せいさん》であった。

「家の者はどうしている」

「母屋へ一つに集めてありますが……」

「客は……」

「ちょうど昼飯が終って、晩飯には早い時刻なものでして、一人も入って居りませんでした」

事件があってからは、無論、客を入れていない。

「まず、おきたの死体をみつけた者から呼んでもらおうか」

源三郎がいい、東吾は黙って濡れ縁へ腰を下した。

狭い庭だが、石の配置がよく、植木がこんもりした感じで、離れ家をとり囲んでいる。

最初に長助が伴って来たのは背の高い男であった。縞の木綿物に前垂《まえだれ》をかけているが、身のこなしが少々、やくざっぽい。

「おきたの倅《せがれ》の清吉です」

長助がいい、清吉はすぐにいった。

「お取調べがすみましたら、おっ母さんを上へあげてやりとう存じます。いつまで、あのようなところへおいておかなけりゃなりませんか」

おきたの死体は検屍《けんし》の医者が調べていた。

「間もなく済む。暫く待て……」

穏やかに、源三郎が訊ねた。

「お前が母親をみつけたそうだが、その時のことを話してくれないか」

清吉が苛々《いらいら》した口調で答えた。

「お話し申すようなことはなんにもありません。お文がおっ母さんの姿がみえないといって来て、手前がここへ参りました。庭に倒れているのがみえまして、声をかけながら近づいてみると、あのざまで……」

「お文というのは女中か」

それには長助が返事をした。

「先代からの女中頭の妹に当りまして、姉のほうは嫁入りをして産後の肥立ちが悪くて歿《みまか》りました。おかみさんが不愍《ふびん》に思って、ずっと面倒をみていたそうで……」

女中といっても、座敷へは出さず、自分の身の廻りの世話をさせていたという。

「それも、ここへつれて来てくれ」

長助が立って行くと、東吾が清吉に訊いた。

「お前、家を勘当されていたってな。理由はなんだ、女か、博打《ばくち》か」

着流しの侍が伝法な口調で切り出したので、清吉はあっけにとられたようであった。

「その顔だと、女らしいな。相手は深川の芸者か、大方、お前よりも年上で、女の口車に乗せられて、若気のいたりでかけおちでもしたんだろう」

清吉の頰がかすかにゆるんだ。

「お侍さん、誰から聞きなすった」

「親父の死目にゃ逢えなかったんだろう。親不孝をしたもんだな」

ふっと、清吉が顔をそむけるようにした。鰻屋の若旦那にしては精悍《せいかん》すぎる横顔に苦《く》渋《じゆう》の色が浮んでいる。

長助が若い女をつれて来た。小柄で痩せているが、みるからに初々《ういうい》しい。泣き腫《は》らした目と青ざめた頰が、この娘の受けた衝撃を物語っているようである。

「お前、おきたの姿がみえないのに気づいたのは、いつ頃なんだ」

東吾が声をかけ、お文はおどおどとその場に手を突いた。が、返事は思いの外に、はっきりしていた。

「夕立のあとです」

おきたの部屋の様子をみに行ったところ、布団がもぬけのからだったので、あっちこっち探してみたが見当らないので心配になって清吉にいいに行ったという。

「夕立の時、お前はどこにいたんだ」

お文が更に体をすくめるようにした。

「お文は、俺の部屋にいましたよ」

答えたのは清吉で、

「それが、どうかしましたか」

突っかかるような口調を、東吾はさらりとはずした。

「お前の部屋でなにをしていた」

「話をしていただけですよ」

「なんの話だ」

「そりゃいろいろありますよ。お袋の病気のこと、店のこと……」

「おきたは雷が嫌いだったのか」

「好きじゃねえでしょうが、お袋は気丈な女でしたから……」

「蚊帳をつって大さわぎをするってなことは、なかったんだな」

「ありません」

ところで、と源三郎がさりげなく二人の間へ割って入った。

「お文がさわぎ出してから、おきたを探したのは、清吉一人か」

「いいえ、あたしはみんなにおかみさんを知らないかって訊きましたから、みんな手わけして……お店のほうも手があいていましたから……」

「この部屋へ探しに来たのは、清吉一人だったんだな」

それには清吉が大きくうなずいた。

庭から医者が長助に声をかけた。検屍が終ったらしい。おきたの遺体を清吉は抱いて母屋へ運んで行った。

「残りの連中を呼んでくれ」

源三郎がいい、逍遥亭の番頭の吉兵衛を先頭に奉公人が一かたまりになってやって来たが、離れ家の入口ですくんだようになって一歩も入って来ない。

「おい、どうした、みんな……」

長助が呼び、その背に東吾がのんびりといった。

「大方、この部屋に幽霊が出るんじゃないのかい」

番頭の吉兵衛がへなへなと腰を下した。四十男だが、みるからに気は弱そうである。

「お前も、みたのか」

「はい……」

「どこに出た」

「そちらの……井戸の近くで……」

「どんな幽霊だ」

「暗くてよくわかりませんが白い着物を着た若い女で、胸のあたりがまっ赤になって居りました」

「どうして幽霊だと思った」

「手前が大声を上げますと、かき消すようにみえなくなりまして……」

「いつのことだ」

「あれは六月の……十七日の夜でございました」

「よくおぼえているな」

吉兵衛が顔をくしゃくしゃにした。

「忘れられるもんじゃございません」

「他にも幽霊をみた奴はいるのか」

女中が二人、手を上げた。どちらも十六、七の若い娘である。

一人は夜、客が帰ったあと、この部屋を片づけていて、

「窓のほうで、いやな音がしたんです。ふりむいたら、丸窓に髪をふりみだした女の人の影法師がみえて……」

あとはどうやって店のほうへ逃げて行ったのかおぼえていないという。

「番頭さんや板さんたちが来てみたら、部屋の行燈《あんどん》が消えていて、外には誰もいません

でした」

もう一人の女中の場合は、

「朝、雨戸を開けに来たんです。部屋の中も縁側も、まるでびしょぬれの人が歩き廻ったみたいで……」

前夜は雨が降っていなかった。

板前たちは、座敷へ来ることがないので、一人もみていないが、

「お客様は何人か……」

この座敷で酒を飲んでいて、ふと庭のほうをみると、白っぽい着物をきた女が、植込みのむこうにぼんやり立っていたとか、呼びもしないのに、若い女がやって来て敷居の外にすわっているので、

「なんだい」

と声をかけると、逃げるようにいなくなってしまった。あとで気がつくと、その女のすわっていたあとがしっとり水でもまいたようになっていて、念のために逍遥亭の女中を全部みせてもらったが、その女はいなかったというようなことが何回か続いて、

「手前どもでも気味が悪くなり、この座敷にはお客様をお通ししなくなったんでございますが、今度は別の座敷のお客様から誰もいない筈のこの部屋で女の泣き声がしたとか、女の姿をみたとかいわれまして……」

髪に僅かながら白いものが目立ちはじめている番頭は、怯《おび》え切っていた。

「そうすると……」

奉公人たちの前へ進み出たのは東吾で、

「この店の者で、この座敷へ何度も来たが、幽霊をみたことがないって奴はいないのか」

番頭のすぐ後にすわっていた若い男が顔を上げた。

「若旦那もお文さんもみていませんよ。手前もあったことがありません」

「お前は……」

「辰三郎といいます」

傍から番頭がつけ加えた。

「先代の旦那の甥御さんでございます。その……若旦那がずっと家を出ておいでになりましたので、おかみさんが頼りになさいまして……」

たしかに実直そうな若者である。

「庖丁は持てるのか」

「先代が、手をとって教えていましたから……」

「清吉の腕はどうなんだ……」

「木更津のほうで修業をなすったときいて居りますが……」

母屋のほうで読経《どきよう》がはじまっていた。近くの菩提寺《ぼだいじ》から僧が来たらしい。

三

東吾と源三郎が長寿庵へひきあげたのは、夜も更《ふ》けてからであった。

店はもう閉めていたが、うまい具合に釜の火を落す寸前で、長助が職人を指図して作った蕎麦《そば》で酒を少し飲む。これは不浄落しであった。

「犯人は家の者でござんしょうね」

茶碗酒を前に、長助が少しかしこまって訊いた。

「なんといいましても、おかみさんが胸を突かれていた短刀が、あの家のものでございますから……」

おきたの母親が嫁に来る時、持って来た守り刀で、普段は仏壇の奥にしまってあった。

「先代の彦太郎が歿った時に、魔よけに枕許へおいたのも、あの短刀だったそうで」

商家のことで、そんな時でもないと短刀の出番がない。

「逍遥亭の幽霊だが、いったい、あれは誰の幽霊ってことになってるんだ」

東吾がいい、長助がぼんのくぼへ手をやった。

「世間の噂では、若旦那の清吉が、かけおちした相手の女じゃねえかっていってます」

おせいという深川の芸者だが、清吉とかけおちをして江戸を出た。

「死んだのか」

「そいつがよくわかりません。清吉の話では木更津で別れたっていうんですが、その後のことはわかっていません」

「女と別れなけりゃ、清吉は家へ戻れなかったんだろう」

「おっしゃる通りで……」

彦太郎が急死したあと、親類が口をきいて、清吉を家へ呼び戻そうとした。

「その時、おかみさんが出した条件というのが、女と別れて帰ることだったそうで……」

木更津まで使が行って、清吉と話し合ったが、埒《らち》があかない。

「つまり、女が清吉からはなれなかったんで、その中に親類も業を煮やして手をひいてしまったそうです」

で、それっきりになっていたものが、今年の春の終りに、ひょっこり清吉が戻って来て、

「女と別れて来たからといって、おかみさんに詫びを入れ、おかみさんもそれを承知して家へ戻しなすったんで……」

気丈な母親でも、長患いで心が弱くなっている。勘当の原因だった女と別れて帰って来たのなら、苦情もなかった。

「ですが、逍遥亭に幽霊が出るようになったのは、清吉が帰って来てからで、それで、誰とはなしに、清吉が女をどうかしたんじゃねえかっていうんです」

別れ話がこじれて女を殺す破目になったか、家へ帰りたい一心で、邪魔になる女を殺《や》ったか、

「おせいって女は、相当のしたたか者だったといいますし、若気のいたりで一時は夢中になったとしても、年月が経てば、なんでこんな女のために、家を捨てたのかと悔《くや》む気持にもなりましょう」

　まして父親は死に、母親も病床にあるときけば、一人息子だけに苦悩も大きかったに違いないと長助はいった。

「誰かが、清吉に母親の病気を知らせてやったのかも知れないな」

　ぽつんと東吾がいった。

「それで、清吉の奴、慌てて江戸へ帰って来た」

「木更津から幽霊を背負ってですか」

　源三郎が微妙な表情をした。

「東吾さんは、幽霊話と、今日の殺しが結びつくとお考えですか」

　東吾が残っていた蕎麦を一息にすすった。

「殺されたおきたは、幽霊の正体に気がついたんだろうな」

　長助が目をむいた。

「幽霊の正体って、誰です」

「それがわかれば下手人も挙《あが》るさ」

　逍遥亭の人の出入りには充分、気をつけるようにといい残して、東吾は腰を上げた。

　翌日は神妙に八丁堀の屋敷で朝顔の鉢に水をやったり、井戸に西瓜《すいか》をつり下げる手伝いをしたりしていた東吾だったが、午後になって思いだしたように兄嫁の香苗に訊ねた。

「本所の義父上《ちちうえ》は、たしか鰻が好物でしたね」

西丸御留守居役を勤める麻生源右衛門は香苗の父であった。屋敷は本所の小名木川《おなぎがわ》沿いにある。

「御贔屓《ごひいき》の鰻屋は、どこですか」

「深川の田川という店ですけれど……」

いぶかしそうな義姉に頭を下げて、東吾は屋敷を出た。

炎天下を歩いて本所へ着く時分に、やっと陽が西へ傾いた。

香苗の妹の七重は東吾の突然の来訪に驚いた様子もなく、いそいそと居間へ案内した。

庭にはきれいに打ち水がしてあって、縁側においたギヤマンの鉢に、七重が飼っている金魚が如何にも涼しげに泳いでいた。

「早速だが、義父上は相変らず鰻を召し上っておいでか」

だしぬけに訊かれて、七重は微笑した。

「十日に一度は必ず田川へ使をやります」

「では、田川では上客ですな」

田川の店で二、三、訊いてもらいたいことがあると東吾はいった。

「同業の店のことは、案外、知っていると思うのだが……」

七重はちょっと考えて、

「では、私が東吾様のお供をして、田川へ参りましょうか」

といった。

「間もなく義父上がお帰りになるでしょう」

「今日は遅うございますの。刀の鑑定会で四季亭へ参りました」

「そりゃあ、好都合だ」

間もなく連れ立って屋敷を出た。

大身の旗本の娘が鰻屋へ飯を食いに行くなどというのは、まずはしたないこととされているのに、七重は一向に気にする様子もなく、かえって東吾のほうが田川の格子《こうし》をあける時に冷や汗をかいた。

「これはまあ麻生のお嬢様……」

果して出て来た女中が仰天して、お内儀を呼びに行き、あたふたと出迎えたお内儀が、二人を奥の部屋へ案内した。

鰻と酒の注文は東吾がして、お内儀に少々、訊ねたいことがあるので、手のすいた時にでも顔を出してくれと頼んだ。

東吾は白焼で酒を飲み、七重は中串で飯が出た。

「こっちは手酌でやるから、かまわず飯にしなさい」

兄貴ぶった言い方で東吾が勧《すす》め、七重は素直に箸《はし》を取った。いつものことだが、こうした場合、七重は決して、東吾に、これからここの内儀になにを訊くのかなどとはいわない。ただ、時折、思い出したように手をのばして東吾の盃に酒を注ぎ、つつましく自分の口に飯と鰻を交互に運んでいる。

頃合をみはからって、お内儀が新しい徳利を自分で持って来た。

「お訊ねとおっしゃいますのは、どのようなことで……」

母のような年頃の女に、やんわりと訊かれて、東吾は苦笑した。

「そう改まって訊かれると困るんだが……」

逍遥亭とつき合いはあるのか、という東吾の問いに、お内儀はうなずいた。

「御近所で同業でございますから……」

今日、昼の中にくやみに行って来たという。

「清吉さんが喪主をなすっておいでてございましたが……」

「辰三郎というのがいるだろう」

「はい、御先代の甥御さんとか……」

「あいつを養子にするような話はなかったのか。清吉が勘当されたあとのことだが……」

僅かにためらって、お内儀は青眉をひそめるようにした。

「たしかに、そのようなお話をちらと耳にしたことがございます」

逍遥亭の先代である彦太郎が、どうしても女と別れて家へ戻らないならば、辰三郎とお文を夫婦にして店をまかせると、清吉にいってやったというものであった。

「いくらなんでも、それでは清吉さんがかわいそうだ、その中には目もさめることだろうからと御親類方が反対をなすって、それで立ち消えになったとうかがって居ります」

「そんな話が出るくらいだから、辰三郎の評判はいいんだろうな」

「はい、それは、なんと申しましても、子供の時から逍遥亭さんで奉公人同様に働いていたお人でございますから……」

「勘当される前の清吉の評判はどうだったんだ」

「出来のいい悴《せがれ》さんでございました。お世辞ではございません。この界隈《かいわい》でも清吉さんなら娘を嫁にやってもいいという親御さんがいくらもございましたくらいで、あちらが芸者衆とかけおちをなすった時には、随分、がっかりした娘さんもあったようでございます」

「清吉がかけおちした女、おせいという女を、どう思う。あまり、いい噂は聞かないが……」

「むかしのことでございますから……ただ、土地の評判はよくございませんでした。手前どもの主人なども、どうして清吉さんが、あのような女にひっかかったのか、不思議でならないとよく申して居りました」

「逍遥亭の番頭は、どうだ」

「吉兵衛さんでございますか。あの人は庖丁はいけませんが、算盤《そろばん》はしっかりしているようで、もっとも大変に気が弱くて、折角、おかみさんをもらったのに逃げられてしままったそうでございます」

一刻ばかりで、東吾は七重と鰻屋を出た。

「同業ってのは手きびしいものだな。田川のお内儀は顔に似合わず、なかなか口が悪かったじゃないか」

「東吾様の御身分に気がついて、本当のことを話してくれたからですわ」

男の足に合せて勇ましく歩きながら、七重が笑った。

「俺のことを知っている……」

「出入りの者は大抵、存じています。姉が神林様へ嫁いでいることも、神林様のお役目も……」

神林通之進は町奉行所の吟味方与力であった。

「東吾様のお訊ねは、お上のお調べと思って、なんでも正直に答えてくれたのだと思います」

「へえ、そうなのか」

本所の麻生家へ七重を送り届けて、東吾は再び、深川へひき返した。

長寿庵には畝源三郎が来ていた。

「逍遥亭は、ぼつぼつ通夜が終るところです。長助がむこうにいますので、これから出かけようと思っていますが……」

田川のお内儀から聞いた話は、歩きながら源三郎に伝えた。

「そういう話が、先代から出ていたとすると、辰三郎もその気になったことがあるかも知れませんな」

とすると、帰った来た清吉は、辰三郎にとって邪魔者である。

「清吉が女をひそかに殺して戻って来たといい、幽霊が出るのは、そのせいだと辰三郎が小細工をして、それをおきたに見破られたと考えれば、おきたを殺したのは辰三郎かも知れません」

「幽霊に化けた女は、誰なんだ」

東吾がいった。

「どっちみち、本物の幽霊の出るわけはねえ。辰三郎が下手人なら、あいつはどこから幽霊の女を調達して来たのか」

逍遥亭での通夜はもう終っていた。

事情が事情なので、弔問の客も少く、法要もひかえめだったらしい。

「清吉と話は出来そうか」

東吾がいい、長助がやがて紋付姿の清吉をつれて来た。

源三郎がおせいのことを訊ねると、

「金をやって別れて来ました」

きっぱりという。

「あいつは百両の手切金をくれれば、別れてやるといいました」

かけおちまでした女だったが、

「あいつの正体は木更津へ行って間もなく、気がつきました。あいつが惚れたのは金、逍遥亭の身代で、勘当されて一文なしになった俺なんぞに未練もなにもなかったんですが」

なまじ親類が来て、女と別れて戻れば勘当を許すと、逍遥亭の伝言を話したばかりに、

「意地でも百両もらうまでは別れないといい出して……こっちは勘当された身で、まさか親から金をもらうわけには行きません。それで、働いて金を貯めたのですが……」

庖丁一本で、どう稼いでも貯まる金は知れていた。

「ずるずると月日が過ぎて、おせいとはもう別に暮していたんですが、こっちも百両渡して、きっぱり話をつけなけりゃ、男としてあんまり情ねえと死物狂いで金を貯めていました」

そんな時に、江戸から知らせが来て、

「お袋まで体を悪くしたとききまして、ひょっとして親父の時のように、死目にも間に合わなかったらどうしようと思い、とうとう、或る人に頼んで足りねえ分の金を工面してもらいまして、百両、耳をそろえて、おせいに渡し、その足で江戸へとんで帰りました」

母親は泣いて喜んでくれたのだが、

「ろくな孝行も出来ねえ中に、こんなことになりました」

自分が帰って来たことが、今度の事件の原因ではないかと考えると、夜もねむれないと唇を嚙みしめている。

「お前、下手人に心あたりはないのか」

東吾に訊かれて、清吉は自分の膝を摑んだ。

「わかりません」

「辰三郎はどうだ」

「あいつはいい奴です。お袋はいずれ、暖簾《のれん》わけをしてやりたいといっていました し……」

「或る人ってのは誰なんだ」

東吾の問いは飛躍して、

「お前に金を工面してくれた人間の名前をいってもらいたい」

清吉が深く頭を下げ、小さな声で告げた。

「お文です」

母親の病気を知らせてくれたのもお文で、

「俺はなにもかもお文に打ちあけました。金が漸く四十両たまったところだということも……、お文がお袋にその俺の手紙をみせて、お袋が六十両をお文の名前で送ってくれたんです」

打ちあけた清吉の目が赤くなっている。

「お文は清吉が好きなんでしょうかね」

深川からの帰り道、源三郎がいった。

「辰三郎は、お文をどう思っているのかな」

二人共、なにかが掴めそうで掴めない。そんなその夜の東吾と源三郎だったのだが、それから二日目、

「東吾さん、辰三郎がやられました」

八丁堀の神林家へ、源三郎が知らせに来た。

四

辰三郎が殺されていたのは、逍遥亭の庭、おきたが死体になっていた井戸のすぐ近くで、胸に突きささっていた出刃庖丁は、皮肉なことに、辰三郎が板場でいつも使っていたものであった。

みつかったのは今朝だが、検屍の医者の話では、殺害されたのは昨夜半だろうという。

「昨日、清吉と辰三郎は大喧嘩をしたそうです」

ささやいたのは長助で、

「理由はわかりませんが、この離れの部屋でなぐり合いまでしたそうです」

お文が番頭を呼びに行って、吉兵衛がかけつけて来て、とにかく二人をおさめた。

「辰三郎が、清吉にお前のような奴は殺してやると叫んでいたといいますが……」

殺すつもりの辰三郎が、逆に清吉に殺されてしまったのではないかと長助はいう。

「清吉はどうした」

「念のため、うちの若い者が番屋へつれて行きました」

辰三郎の始末を番頭に頼み、源三郎と東吾は番屋へ行った。

清吉は放心したような様子で板敷にすわり込んでいた。

「今しがたまで、辰三郎をやったのは俺じゃないとわめいていたんですが……」

東吾が源三郎に耳打ちし、一人で清吉に近づいた。

「昨日、辰三郎になぐられたそうだが、なにが理由だ」

清吉が顔をゆがめた。

「あいつは、俺がおせいと切れないで、お文にちょっかいを出したと思い込んで腹を立てたんです」

「おせいとは切れたんだろう」

「切れました。木更津で別れて以来、一度も逢っちゃいません」

「辰三郎は信じねえのか」

「おせいを、家の近くでみたというんです」

「お前はみてないんだな」

「あんな女に、二度と用はありませんよ」

「辰三郎を殺したのは誰だと思う」

「わかりません。もう、頭がおかしくなりそうで……」

番屋で東吾と源三郎がひそひそと話をした。

長助が逍遥亭へ行ったのは夕方になってからで、辰三郎の通夜の仕度をしていた番頭の吉兵衛に、清吉は辰三郎殺しの疑いで奉行所へ移されたと伝えた。

「下手人かどうかは、俺にはわからねえが、お上のお調べがすむまでは、家には帰れねえから、当分、逍遥亭のことは、お前さんがとりしきらなけりゃなるまいよ」

長助は、そのあと、お文のところへ行って話をしていたが、帰る時は、お文も一緒であった。

「こんなことが次々とおこって恐ろしいというから、俺があずかって、折をみて、どこか別の奉公先をみつけてやろうと思う」

場合によっては、ここへ帰ってくるかも知れないがと言葉を濁して、長助はお文を連れて出て行った。

そして、三日、五日……十日。

「かわせみ」に来ていた東吾のところに、長助のところの若いのが知らせに来た。

「逍遥亭の番頭、吉兵衛と、おせいの二人がお召捕になりました。間もなく、畝の旦那がこちらにおみえンなりますので……」

るいがすぐに二階へ行き、清吉とお文を居間へつれて来た。

待つほどもなく、源三郎と長助は意気揚々と「かわせみ」へやって来た。

「遂に尻尾を出しましたよ」

長助が吉兵衛を尾《つ》け続け、とうとう浅草のほうにひそんでいたおせいのかくれ家を訪ねて行ったところを確かめて二人、別々にしょっぴいた。

「おせいのほうはしたたかでなかなか泥を吐きませんでしたが、吉兵衛のほうは畝の旦那のお調べで一ぺんに、げろを吐いてしまいまして……」

吉兵衛とおせいは、おせいが深川の芸者だった時分からの馴染で、

「清吉に芸者遊びを教えたのも、吉兵衛だったようです」

おせいは逍遥亭の身代がめあてで清吉をたらし込んだが、その清吉は勘当されて、女と別れなければ家には戻れない。

「そのあたりで、おせいは吉兵衛とよりを戻して、二人で逍遥亭を乗っ取る企みにかかったそうです」

母親の病気がきっかけで、清吉が家へ戻ると、早速、幽霊話をでっち上げた。

「逍遥亭の奥の部屋に出た幽霊ってのは、おせいが化けた奴で、よくねえ評判が立って清吉が家にいられなくなるのをねらったんですが、そいつを母親のおきたに気づかれそうになったんです」

夕立の日、吉兵衛はおきたに、清吉が奥の離れでおせいと逢っているようだとだまして、おきたを奥へ連れて行き、仏壇のひき出しからとり出しておいた短刀で突き殺した。

「うまく行ったら、清吉を母親殺しに仕立てようとしたんだが、その時刻、清吉はお文

と自分の部屋で媾曳《あいびき》をしていて、証人がある」

さらばというんで、今度は辰三郎と清吉を口論させるように、おせいを故意に辰三郎にみせて、そのあげく、

「おせいが清吉との仲を打ちあけるといって、辰三郎を離れの庭へおびき出して殺したそうです」

辰三郎はお文に惚れていたが、お文の気持が清吉にあるのを知ってあきらめていた。

「そこへ、さも清吉がおせいと続いているように吉兵衛が吹き込んだんで、辰三郎はかあっとなったんです」

そうした男心の機微を利用する考えは、もっぱら、おせいの智恵で、吉兵衛はそのいいなりになって人殺しの罪を重ねた。

「東吾さんが、清吉が入牢《じゅろう》したといえば、吉兵衛も女も安心して馬脚をあらわすだろうというので、かわせみに清吉をあずけたんですが、やはり、おっしゃる通りでした」

お文を逍遥亭から連れ出して、清吉と一緒に「かわせみ」へあずけたのも、ひょっとして吉兵衛がお文に妙な気でも起すと危いと思ったからで、

「ああいう気弱そうな四十男が、とち狂うとなにをしでかすかわかりません」

「かわせみ」の二階にかくれている間に、清吉とお文はこれまで以上に、おたがいの気持を確かめ合ったようだから、

「その点でも、満更ではなかったようで……」

鹿爪らしく源三郎がいい、清吉とお文はまっ赤になって頭を下げた。

吉兵衛はお主殺しの罪で死罪、おせいは遠島で一件落着したが、二人の死人を出し、幽霊の噂も立っていた逍遥亭が果して立ち直れるかと、東吾をはじめ、「かわせみ」の連中は心配していたが、これが案に相違して大繁昌となった。

「一つには、清吉旦那の庖丁がいいってこともありますが、偽物の幽霊の出た座敷をみてみたいという酔狂な客がありまして」

殺人のあった中庭には小さな祠《ほこら》が建てられ、神主がお祓《はらい》をして、なんの障りもなくなった。

「先だっての土用の日なんぞ、深川にあれだけ鰻屋があるてえのに、逍遥亭だけが押すな押すなの人気ですから、世間なんてものはいい加減でさあ」

長助が話しに来て、東吾がその気になった。たまには、「かわせみ」の連中に鰻をおごってやるというのである。

「手前は次に致します。まあ、お吉さんがお供をしたら……」

嘉助がいい、その日は東吾にるい、お吉に女中二人が長助ともども夕方、逍遥亭の座敷へ上った。

鰻の他に、清吉の自慢の料理が並んで、お吉も盃を三、四杯重ねて、

「やっぱり、お客が来る筈ですよ。鰻がこんなにおいしいとは思いませんでした」

江戸っ子は小名木川の鰻でなけりゃいけませんと、さかんに愛想をふりまいていたお

吉が手水《ちょうず》に立って戻ってくると、

「まあ、ここの店の老女中さんですか、ちょいと肥った五十がらみの品のいい人が、廊下の突き当りの暗がりにすわって、にこにこして、何度もあたしにお辞儀をするんですよ」

声をかけようと思ったが、なんといってよいかわからないので、こっちも廊下へ手を突いてお辞儀をして来たという。

「ここの女中は、みんな若い娘で老女中なんてのはいねえ筈ですがね」

首をひねって、お吉からその老女中の人相をしきりに訊いていた長助が、やがて、そっと東吾の耳にささやいた。

「いけませんや。若先生、お吉さんがみたっていうのは、どうも、清吉の母親の、おきたの人相にそっくりで……」

いつも、にこにこと愛敬よく客に挨拶していた女主人だったという。

「長助親分、その話は誰にも内緒だぜ、耳に入ったら、お吉の奴、今夜から一人で手水に行けなくなっちまうからな」

非業に死んだ母親が、息子夫婦とその店のために、「かわせみ」の連中へ礼をいいに出て来たのかも知れないとささやいて、東吾は長助の盃に新しい酒を注いでやった。

藤屋《ふじや》の火事《かじ》

一

馬喰町一丁目の旅籠、藤屋から火事が出たのは夜明け前で、消火が早かったのと、風のなかったのが幸いして類焼はまぬかれたものの、火元の藤屋は全焼した。

大川端の旅宿「かわせみ」へ、八丁堀同心畝源三郎から使が来たのは、そんなさわぎのあった午すぎのこと、馬喰町の火事のことは、「かわせみ」にも届いていた。

「藤屋の客なんでございますが、少々、曰《いわ》くがありますので、こちらへ御厄介になりたいと、旦那の口上で……」

使に来たのは、畝源三郎のお手先をつとめている深川の長助で、朝っぱらから火事跡見物に行っていたものらしい。

「藤屋さんじゃ怪我人が出たんですか」

お吉が早速、訊き、長助が眉をしかめた。

「屋根からとび下りて腰をぬかした客が二人ばかり、奉公人で火傷だの打ち身だのはありますが、これは、たいしたことはございません。かわいそうだったのは、京から着いた娘が一人、逃げ遅れて仏さんになりました」

畝源三郎がやがて「かわせみ」へ同行するのは、その焼死した娘の伴《つ》れだという。

「そっちも、まだ十七、八の娘でして、口もきけねえほど気落ちしています」

長助の話に、るいが指図して離れの部屋を仕度させ、はやばやと風呂もわかしたところへ、源三郎がやって来た。

駕籠から下りた娘は、借着で髪も乱れ、青ざめた顔も手足も煤《すす》けたようになっている。

ともかくも、風呂場へ案内し、るいが新しい下着から浴衣に帯を添えて、お吉に持って行かせ、帳場で一服している源三郎のために冷麦の用意をしていると、なつかしい声が聞えて来た。

「藤屋の焼け出されが、ここの家へ来たってじゃないか」

神林東吾は上布《じようふ》の着流しで、手に朝顔の鉢を持っている。

「義姉上の御用で出入りの植木屋のところへ行ったら、あんまり見事に咲いているんで一鉢もらって来たんだ」

紫がかった大輪の花で、

「まだ、当分、次々と咲くそうだ」

るいより先に居間へ行って縁側へおいた。

「暑いさなかに、そんなものをお持ちになって……」

るいは甲斐甲斐しく手拭をしぼって、汗ばんでいる男の顔を拭くやら、団扇《うちわ》の風を送るやらで、少し遅れて入って来た畝源三郎は暫くの間、目のやり場がない。

そこへお吉が冷麦を運んで来て、男二人は早速、箸をとった。

藤屋からつれられて来た娘は、今、髪を洗っているという。

「お幸というんです。焼け死んだほうはお六、父親の違う姉妹でして……」

冷麦をすすりながら、源三郎が話し出した。

「京からの長旅で、昨夜、藤屋へ着いたそうですが……」

「娘二人で、京から来たのか」

「左様です」

「なにかわけがありそうだな」

「江戸にいる、お幸という娘の父親を訪ねて来たようです」

「どこの誰か、わかっているのか」

「当人の申し立てでは、日本橋通町の扇問屋、近江屋彦兵衛ということです」

「近江屋彦兵衛……」

「使をやりましたので、間もなく誰か参ると思いますが、彦兵衛は昨年、病死して居りまして、長女の聟が跡を継いでいます」

「成程……」

東吾が箸をおいて麦湯を飲んだ時、嘉助が廊下に膝を突いた。

「近江屋さんの番頭で、喜平治という人が来て居りますが……」

帳場へ行ってみると、近江屋の番頭は出された茶に手もつけず、固くなってすわっている。年恰好は五十七、八、瘦せぎすの品のいい男である。

「早速だが、先代彦兵衛の娘が、京から訪ねて来ているが、心当りはあるか」

源三郎に訊かれて、喜平治は沈痛に頭を下げた。

「お幸さんのことでございましょうか」

ちょうど今から十九年前に、先代彦兵衛が近江屋の家督を継ぎ、商用旁《かたがた》、京の取引先へ挨拶に出かけたことがあった。

「御承知のように、京と申すところは、なにかとしきたりが多く、顔出しをしなければならないところがあちこちございまして……」

滞在がけっこう長引いたのだが、その時、宿をしてくれた扇折りの娘でお里というのと彦兵衛がねんごろになってしまった。

「手前の口から申すのもなんでございますが、先代の旦那様も御養子でございまして、なんと申しますか、江戸の店ではなにかとお心に染まぬことが多かったと存じます。加えて、お里さんというのは、大層、おきれいな上に、気持の優しい、心くばりの深いお人でございましたから、旦那様がふとその気になっておしまいだったのも無理からぬようで、本気になって近江屋と縁を切り、お里さんと添いとげようといい出されたり致しました」

慌てたのは、供について来ていた喜平治で、

「江戸には二人のお子もあり、今更、とんでもないことだと、旦那様をおいさめ申しまして、無理矢理、お里さんとの仲を割きましてございます」

まとまった金をお里に与え、出入りしていた扇折りの職人と夫婦にすることで、主人の不始末をとりつくろったのだが、

「その時、お里さんはみごもって居りまして、旦那様はさきざき、生まれてくる子供が困ることでもあれば、江戸へ訪ねてくるようにと、証拠の文を書いて、お里さんにおやりになりました」

江戸へ帰ったあとも、喜平治が万事、心得て、京のお里とは音信をとり続けていたが、お里と夫婦になった扇折りの職人が、なかなか気のいい男で、やがて誕生したお幸を我が子のように慈しみ、お里との夫婦仲も落ちついて、その翌年には二人の間に、もう一人、女児が生まれ、漸く、喜平治も胸をなで下した。

「なんと申しましても、先代は御養子でございますし、京での不始末がお内儀さんの耳に入ってはとんだことになります」

が、彦兵衛の内儀のおたきが四年前に病死し、続いて彦兵衛もあの世へ逝った。

「番頭さんは、京の娘さんに会ったことがあるんですか」

傍で聞いていたるいが訊ね、喜平治はかぶりを振った。

「いいえ、お目にかかったことはございません。手前が京へ参りましたのは、十九年前、先代のお供をしたきりで……」

実をいうと、今年の秋には彦兵衛の長女の聟である由太郎が、四代目彦兵衛を名乗って近江屋の相続をするので、

「そうなりましたら、若旦那のお供をして、もう一度、京へ参ることになろうかと存じて居りましたが……」

そんな矢先に、京からお幸が訪ねて来たときいて、実直な番頭は途方に暮れている。

「いったい、京で、なにが起ったのでございましょうか」

「それは、これから当人に訊いてみるといい」

源三郎にいわれて、喜平治はたて続けにお辞儀をした。

間もなく、お幸の身じまいが出来て、離れの部屋で番頭と対面ということになり、喜平治の頼みもあって、源三郎とるいが同席することになった。

お幸は洗い髪をお吉が器用にまとめて、湯上りの化粧っ気のない素顔に浴衣姿だが、典型的な京美人で、るいすらも、はっとするほど初々しく、色気がある。

「お里さんに、そっくりでございます。お若い頃のお里さんに瓜二つで……」

向い合った喜平治が忽ち、眼をうるませ、お幸は神妙に手をつかえた。

「はじめてお目にかかります。うちがお幸どす。何分、よろしゅうおたのみ申します」

大事そうに取り出したのは、十九年前に彦兵衛がお里へやった文で、いつでも江戸へ訪ねて来いと書いてあるものである。

「お里さんはお達者で……」

喜平治の問いに、お幸は顔を暗くした。

「二年前に歿《なくな》りました。うちを育ててくれた父さんは、今年の春に……」

両親に死なれ、異父妹と二人きりになってお幸は江戸の父が恋しくなったという。

「妹も、うちと一緒に行くというてくれましたので……」

姉妹二人、思い切って江戸へ出て来たという。

「お前にはかわいそうだが、彦兵衛はすでに他界して居る」

源三郎にいわれて、お幸は茫然としたが、すぐに両手を顔へあててすすり泣きはじめた。

「うちは阿呆や。なんで江戸へ出て来たんやろ。江戸へ来なんだら、妹を死なすこともなかったに……」

妹のお六は昨夜の火事で一度はお幸と共に逃げ出したのに、

「大事なものを忘れたというて、火の中へ戻ってしもうて……」

それで焼死したといった。

「大事なものとは、なんだ」

と源三郎。

「うちにはわからしまへん。ひょっとすると、お金のことやったのか……」

京で家財道具を始末して作った路用の金は全部、お六が持っていたらしい。

「うちより、妹のほうがしっかり者ですよってに……」

その妹を失った悲しさがこみ上げて来たのか、お幸は体を折りまげるようにして慟哭《どうこく》した。

夜は、「かわせみ」の心づくしで死んだお六の通夜を営んだ。

源三郎のほうは、喜平治と一緒に近江屋へ行き、若主人夫婦に会ってお幸のことを話した。

若主人の由太郎は、まだ二十七だが、ものわかりのいい好青年で、先代の忘れ形見なら近江屋で面倒をみるのが当然といい、いつでもお幸をひきとる気になった。由太郎の女房のおりきと、その妹のおようは、最初、少々の難色を示したが、やはり、お幸に会ってみたいということで、翌日、改めて喜平治が大川端の「かわせみ」へ迎えに来て、お幸は日本橋の近江屋へ去った。

「大丈夫でしょうかねえ」

自分の着物から帯から、お幸に似合いそうなものを惜しげもなく出してやって、きれいに身仕度を整えさせたるいは、迎えの駕籠がみえなくなるまで立っていたが、居間へ戻ってくると、すぐ東吾にいった。

「たのみの綱のお父つぁんは歿ってしまったんだし、若旦那のお内儀さんにしろ、妹のおようさんにしろ、いわば腹ちがいの姉さんたちでしょう。お幸さんにやさしくしてくれるかどうか」

父親が外につくった妹である。姉たちが歓迎してくれるかどうか心もとないとるいはいった。

「お幸さんが美人ですからねえ」

といったのはお吉で、

「近江屋の娘さんは二人とも、あまり器量よしとはいえないそうですよ。そうなるとねたみってものがありますから……」

本妻の娘よりも、妾腹の子のほうが美人で気だてがいいというのは、騒動の元だと眉をひそめている。

「器量よしは得だな」

ぽつんと東吾がいった。

「どこへ行っても、ちやほやされるし、同情もしてもらえる。お幸が不器量だと、そうは行くまい」

「器量がいいから心配だといってるんじゃありませんか」

るいが異議をとなえた。

「昔の物語にもあるじゃありませんか。落窪物語のお姫様だの、鉢かづき姫のお話だの」

「お幸にも、すり鉢をかぶせておくといい。うっかり、はずすと金銀がざくざく落ちてくるかも知れないぞ」

東吾はあくまでもまぜっかえして、お幸の話はそれきりになった。

五、六日が経って、深川の長助がお幸の噂を、「かわせみ」へ伝えて来た。

「やっぱり、どうも、姉さんたちにいびられているようで……」

店では奉公人同様に追い使われて、食べるものも着るものも女中並みだという。

「若旦那の由太郎さんと番頭の喜平治さんがかばっているようですが、そいつが、かえってお内儀さんの気に入らねえようで……」

近江屋の親類や近所の旦那方が、なるべく早くにいい相手をみつけて、お幸を嫁入りさせる相談をはじめたらしいが、

「それが、また、おようさんの気にいりませんや」

近江屋の次女のおようは十九だが、まだ縁談もない。

「本妻の娘の自分は放ったらかしで、どこの馬の骨ともわからない女の嫁入りの世話を焼くといって、番頭に水をぶっかけたそうですから……」

お幸にとって近江屋は決して居心地のいい場所ではないし、悪いことが起らねばよいがと、るいはしきりに心配したが、赤の他人がどうすることも出来ない。

「せめて、若先生でもいらっしゃれば、若先生から畝の旦那にお話しして頂くんですけれどねえ」

とお吉がいうように、神林東吾は狸穴の方月館の稽古へ出かけていて留守であった。

それから又、五、六日が過ぎて、だしぬけにお幸が「かわせみ」へやって来た。

藤屋の火事で焼死した妹のお六の供養を「かわせみ」でやらせてもらえないかというのである。

お六の遺骨は、お幸が近江屋へ行く時、るいがたのまれて近くの知り合いの寺へあずけておいた。

「初七日の法要もして居りませんので、気になって居りまして……」

「よろしゅうございますとも、それじゃ、すぐ、お寺に使をやりましょう」

女長兵衛のるいのことで、てきぱきと仕度をしているところへ、近江屋の若主人の由太郎がやって来た。

「お幸が御厄介をおかけ致し、申しわけございません。本来ならば、近江屋で法事をしてやりたいと存じましたが、お恥かしいことに手前の家内や妹がどうしても承知を致しませんので……」

自分はお幸と共に、寺へ行って供養をしたいといった。

「お寺へいらっしゃるなら、嘉助に御案内をさせましょう。お帰りにこちらへお寄り下されば、なにか御精進のお膳を用意しておきますので……」

るいの言葉に、由太郎は喜んで、やがてお幸と出かけて行った。

「御養子さんも、らくじゃありませんね。家つきのお内儀さんには頭が上らないし、先代のかくし娘さんには気を使うし……」

お吉は笑ったが、るいは或る不安を感じていた。我儘で気の強い女房をもて余している男と、どこかいじらしく、幸せ薄い娘とが寄り添うように出かけて行った後姿が瞼に残っている。

が、一刻《いっとき》余りで嘉助と共に帰って来た由太郎とお幸は、離れの部屋で、るいの心づくしの膳をかこみ、やがて、別々に近江屋へ帰って行った。

最初の事件が起ったのは、その翌日のことである。

「お幸さんが危く井戸へ突き落されるところでした」

知らせたのは深川の長助で、息子ぐらいの年頃の男が長助について来ている。

通町界隈を縄張りにしている御用聞、伝吉の悴で重吉という若い衆で、親父が卒中で倒れてからは代理でお手先をつとめている。まだ経験不足で、万事に不馴れなので、同じく畝源三郎から手札をもらっているよしみでなにかにつけて長助のところへ相談にやって来ていた。

で、近江屋の、その日の事件は重吉が長助に知らせ、長助が畝源三郎の耳に入れてから「かわせみ」へ御注進に来たというわけであった。

「いったい、なんで、そんなことに……」

るいが訊ね、重吉の話を長助が補足しながら喋り出した。

「つまりは、若旦那のお内儀さんのおりきさんがお幸さんにやきもちを焼いたらしいんでして……」

昨日、お幸が「かわせみ」へやって来て一人で亡き妹の法事を行うつもりだったのを、若旦那の由太郎が、それではあまりかわいそうだと後からやって来て、寺まで一緒に行ったのが、内儀のおりきの耳に入り、かっとなってお幸に手をあげたらしい。

「若旦那がとめに入ると、女房の私よりも、お幸のほうが可愛いのかと食ってかかる始末で、朝から家中がてんやわんやのさわぎだったそうで……」

それでも一度はおりきの気持がおさまって、お幸はいつものように水仕事で井戸端に出ていた。

「女中の話ですと、お内儀さんが血相変えて、井戸端へやって来て、ちょうど釣瓶《つるべ》で水を汲もうとしていたお幸さんを井戸の中へ突き落そうとしたというんです。傍には下働きの女中たちもいて、みんなでお内儀さんを押えつけ、番頭の喜平治さんもかけつけて来て力ずくでお内儀さんを奥へつれて行ったそうですが、そりゃあもう悪鬼羅刹《あっきらせつ》という表情で、みんな慄え上ったっていいます」

「なんで、そんな馬鹿なことになったんですか。たかが、法事に由太郎さんが出たからって……」

お吉が唇をとがらせて、長助がぼんのくぼに手をやった。

「お内儀さんの妹のおようさんがいいつけたらしいんで……。その、お幸さんと若旦那が出来ているってなことですが……」

「近江屋の連中も、まさかといっています。たしかに由太郎さんがお幸さんに親切なのは本当ですが、それはお内儀さんやおようさんが、あんまり邪慳《じゃけん》にするからで、番頭さんや奉公人もかげではお幸さんを気の毒がっていますんで……」

「まさか……」

それくらい、近江屋の姉妹の異母妹いじめは激しいという。

「このまんまじゃ、お幸さんの命が危いってんで、今日、番頭さんがお幸さんを近江屋の橋場の別宅へ移したそうです」

近江屋の裏口から駕籠で出て行くお幸を見たという重吉が声をつまらせた。

「駕籠の中から、お幸さんの泣き声が聞えて、見送った女中たちもみんなもらい泣きをしていました。あれじゃ、お幸さんが可哀そうすぎるといって……」

橋場の別宅には寮番の老夫婦がいるだけで、お幸は当分、そこで暮すことになるといった。

「不幸せな人ってのは、どこまで行っても不幸せなんですかねえ」

お吉が呟き、るいも暗い顔でうなずいた。

二

二つ目の事件は、お幸が橋場の家へ移っておよそ一月後のことであった。

日の暮れ方に、「かわせみ」へ近江屋の由太郎がやって来た。

「お幸は、まだ参って居りませんでしょうか」

歿ったお六の四十九日の法要もしたいし、折入って相談に乗ってもらいたいことがあるので、誰にも知られぬように暮れ六ツ（午後六時）に、「かわせみ」へ来てくれと、お幸からの使が文を持って来たという。

「そういうことでしたら、間もなくおみえになるでしょう」

あいていた離れの部屋へ由太郎を通し、寺へ使を出そうとしているところへ、駕籠が着いた。出迎えた嘉助が驚いたのは、ころがるように駕籠から下りたお幸が浴衣に細帯という恰好だったからである。

お幸は目を泣き腫らしていた。

「おそくなって申しわけありません。出かけようとしているところへ、およう姉さんがみえたものですよってに……」

お吉が離れへ知らせに行って由太郎も帳場へ出て来た。泣き濡れているお幸にわけを訊ねると、

「妹の法事ですよっておよう姉さんからもろうた麻の葉の着物に着かえていたところへ、およう姉さんが来なはって、いきなり着物を返《かや》せといわはりました。あんたのような根性悪には、なんにもやれんといわれて……」

着物は、はぎとられ、仕方なく浴衣に着かえて橋場の家を出たという。

おようが時折、橋場の家に出かけているのを、由太郎は知っていた。

「お恥かしいことですが、手前がお幸を訪ねて橋場へ行くのではないかと、見張りのつもりで参っているようでございます」

それを知っているから、商売の帰り道に、どうしているか、お幸の様子を知りたいと思いつつも、一度も訪ねられなかったと由太郎はいった。

「どういう気でしょうか。与えた着物を惜しくなって取りかえすというのは……」

どっちみち、自分の着古《い》しであった。

「うちはやっぱり京へ去のうかと思います。江戸におっては、義兄《にい》さんの御迷惑になるばっかりで……」

おろおろと泣き出したお幸を由太郎が離れへ連れて行き、ひとしきりなだめていた様子であった。やがて、寺から若い僧が来て、四十九日の法要が形ばかりながら終ったのは、夜も更けてからであった。

「今夜はこちらに泊めてもらいます。妹のお位牌とゆっくり話がしたいと思いますよってに」

橋場の家では毎晩、怖い夢をみておちおちねむれもしなかったと涙ぐんでいる。

「それでは、お幸をよろしくお願い申します。手前は店へ帰らねばなりませんので……」

駕籠を呼んでもらって由太郎は店へ帰って行ったのだが、通町の店へ戻ってみると番頭の喜平治が青い顔で待っていた。

「お内儀さんも、おようさんもまだお帰りになりませんので……」

喜平治は店にいて、女二人がいつ出かけたのか全く知らなかったのだが、奥で働いている女中の話だと、おようのほうは日の暮れ方に、

「どこへ行くともおっしゃらずにお出かけなさいました。お内儀さんは杵屋《きねや》のお師匠さんがおみえになってお稽古をしておいでてしたが、お師匠さんがお帰りなすってから、旦那様のことをお訊きになりましたので、御商売のことで、今しがたお出かけのようでございますと申しますと、急に駕籠を呼んで出て行かれました」

女中たちが、どこへ行くのかと訊ねなかったのは、近頃のおりきの機嫌が悪く、迂闊《うかつ》なことをいうと、こっぴどく叱られるのを承知していた故である。

で、触らぬ神にたたりなしで、そっとしていたのだが、夜が更けても帰って来ないので心配になって店にいた番頭にいいに行ったものであった。

「そりゃあきっと、橋場だろう」

すぐに由太郎がいった。先刻、おようがやって来て、着ていた着物まではぎとられたとお幸が泣いていたのを思い出したからである。

「お幸は今夜、大川端のかわせみで妹の四十九日の法事をして、そのまま、あそこへ泊っているんだ。そうとは知らず、女二人でお幸の帰りを待っているのかも知れない」

で、由太郎が番頭を供につれて、迎えに行くことになった。

日本橋通町から浅草まで駕籠をとばして行ってみると、橋場の家は門が閉まっている。

喜平治が門扉《もんぴ》を叩き、声をかけるとやがて留守番の老爺が出て来て門を開けた。

「店からおりきとおようが来ている筈だが」

というと、きょとんとして、

「そんな筈はございませんが……」

と曖昧な顔をする。

日の暮れ前に、お幸から勧められて夫婦で寄席の怪談ばなしを聞きに行き、夜になって戻って来たが、母屋の灯が消えているので、お幸がもう寝たと思い、そのまま、声もかけずに自分たちも寝てしまったという。

無論、おようが訪ねて来たのも、そのおように着物をはぎとられたお幸が浴衣姿で大川端へ出かけたのも知らない。

由太郎と番頭が一通り家の中を調べたが、どこにも人は居らず、そのかわり大川へ向いた庭の枝折戸《しおりど》が開けっぱなしになっているのを発見した。

枝折戸のむこうは堤になっていて、夕涼みのための縁台がおいてある。堤の下は大川であった。

「旦那様、こんなところに、櫛《くし》が……」

喜平治が拾い上げたのは蒔絵の女櫛で、それはいつもおりきが髪に挿しているものであった。

「やっぱり、お内儀さんはこちらへお出でなすったようで……」

姿がみえないのは、おりきもおようもどこへ行ってしまったのか。

男たちが途方に暮れているところへ、近江屋から手代がやって来た。

「お内儀さんがお戻りなさいました」

由太郎と番頭が出かけて間もなく、ひどく酒に酔って帰って来たという。

「おようさんのほうは、まだお帰りじゃございませんが……」

ともかくも、店へ帰ってみると、おりきはすでに布団へ入って眠りこけている。部屋中が、むっとするような酒の臭気であった。

由太郎がゆり起して、おようのことを訊ねても、全く正体がない。

そうこうする中に、やがて夜があけて、今度は橋場から寮番がとんで来た。

近くの川っぷちで、おようの死体がみつかったというのである。

近江屋は蜂の巣を突ついたような騒ぎになった。

おようの水死体をみつけたのは、早朝に釣りに出た舟の船頭で川岸の杭にひっかかって浮んでいるのに気がついて自身番に知らせ、かけつけて来た番屋の若い衆が、おようの顔を知っていたところから、橋場の家へとんで行った。

近江屋からは、昨夜、ろくに寝てもいない喜平治が橋場へ再びかけつけたのだが、由太郎に叩き起されて、妹の変死を聞いたおりきが、とんでもないことを口走った。

「そんな馬鹿な……あれは確かにお幸だったんだから……」

聞きとがめた由太郎が詰問すると、おりきはおろおろして、昨夜、橋場の家へ行って堤の上で夕涼みをしていたお幸をみつけ、かっとして川へ突きとばしたことを白状した。流石《さすが》に慌てての ぞいてみると川っぷちの浅いところに尻餅をついたような恰好でいるので、別にどういうこともあるまいと思い、そのまま、橋場の家を出て、むしゃくしゃするので浅草の小料理屋で酒を飲んで帰って来たらしい。

「冗談じゃない。お前が突きとばしたのは、おようだったんだ」

由太郎にいわれて、おりきは目をむいた。

「いいえ、あれは、たしかにお幸でしたよ。おようがやった麻の葉の着物を着て、お化粧をして、あの子はお前さんの来るのを待っていたんですよ」

「お幸は昨夜、妹の四十九日の法事をするために、大川端のかわせみへ行っている。麻の葉の着物はおようがお幸から取り上げたんだ」

「嘘ですよ、嘘……」

まだ酒の香の残っている唇で、おりきは悲鳴をあげたが、その目の焦点は狂っていた。

間もなく、おようの水死体が近江屋へ運ばれて来た。麻の葉の着物を着て、帯はなかばほどけかかっている。

変り果てた妹の姿をみたとたん、おりきは失神してぶっ倒れた。

「そりゃあそうでしょう。人違いとはいいながら、自分の妹を殺しちまったわけですから」

深川の長助が、「かわせみ」へ報告に寄ったのは午すぎで、すでにお幸は近江屋からの知らせで日本橋へかけつけて行ったあとであった。

「それで、近江屋のお内儀さんは、どうなったんですか」

「かわせみ」代表といった恰好で、お吉が訊いた。

「へえ、重吉の奴がお縄にしまして、番屋へ曳いて行きましたんで……」

番屋での取調べが終り次第、伝馬町の牢へ入ることになる。

「なんたって、妹殺しですから、いけませんや」

それでなくても、おりきが異母妹のお幸に冷たい仕打ちをしていたことは、町内に知れ渡っている。

「お上も、あんまりお慈悲はかけねえと思います」

長助の口ぶりもおりきに情がなかった。

「おりきさんにしても、殺すつもりはなかっただろうけれど……」

長助が帰ったあとで、るいが呟いた。行きがかりもあって、「かわせみ」の連中はお幸びいきだが、それでも、思わぬ成り行きに仰天していた。

神林東吾と畝源三郎が「かわせみ」へやって来たのは、その夜で、

「源さんがおりきを調べたんだが、どうも一つ腑に落ちないというんだ」

夕飯はまだだという男二人のために、るいの部屋にはまず酒が運ばれた。

「どういうところがおかしいんですか」

実をいうと、昼間、長助の話を聞いて以来、なんとなく、るいの胸にもひっかかるも

のがあるのだが、それがうまく言いあらわせないでいる。

「おりきは夕方になって、亭主の由太郎が急に出かけたのを知った。女中に問いただしてみると、どうも、お幸から使が来たらしいとわかったので、かっとなって橋場の家へ出かけて行ったと申します」

橋場の家へ着いて声をかけたが、誰も出て来ない。

「あっちこっち探して、漸く庭から堤の上にいるお幸に気がついて、傍へ行って名前を呼び、由太郎が来ているだろうといったが、返事もしなければ、ふりむきもしない。で、腹を立てて突きとばしたというのです」

顔のみえる近さにいて、おようとお幸を見間違えるものだろうかと源三郎はいった。

「でも、暗かったのでしょう」

「日は暮れていたそうです。ちょうど、夜になりかけの時刻で……」

おまけに、おようは麻の葉の着物を着ていた。

「おりきは、その着物をおようがお幸に与えたのを知っています」

「だったら、うっかり間違えて……」

「おようは、どうしておりきが声をかけた時、ふりむかなかったんですか」

明らかに姉が自分とお幸を間違えているのに気づいた筈である。

「なにがなんだかわからなくて、ふりむく間もなく突きとばされたってことはありませんの」

なんとなく、るいは源三郎の疑問に答える立場になっていた。

「それでは、おようはどうして麻の葉の着物を着ていたのでしょうか」

「それは、おようさんがお幸さんの着ているのをはぎとって……」

「自分が着ていたのを脱いで、わざわざ着かえたんでしょうか」

「それでないと平仄《ひょうそく》が合いませんね」

水死体になっていたおようは、麻の葉の着物を着ていたし、だからこそ、姉のおりきはおようをお幸と間違えた。

「源さんは、下手人が、るいの考えるように考えさせるために、わざわざああいう手の混んだ真似をしたのではないかというんだよ」

東吾が口をはさんだ。

「下手人ですって……」

小さく、るいが叫んだ。

「いったい、誰が……」

「一人しかいないだろう。おりきは本当に自分が間違えて、おようを川へ突きとばしたと思っている。おりきにそう思わせることの出来るのは誰だ」

「まさか、畝様はお幸さんを……」

肴を運んできたお吉が、るいの言葉で驚いた顔をした。

「ちがいますよ。お幸さんは昨日、うちへおみえになっているんですから……」

「お幸がここへ来たのは、何刻だ」

「由太郎さんのみえたのが暮れ六ツすぎで、それより遅れてお着きでしたから……」

時刻は、はっきりわからないが、夜になってはいた。

「やって出来ないことはないな」

盃を唇から離して、東吾が話し出した。

「源さんと俺は、こんなふうに考えたんだ」

まず、おようが橋場の家へ来たのは、大川から舟ではなかったか。

「おようは時折、そっと橋場の家へやって来て、由太郎が商用の帰りなんかにお幸のところへ寄るのではないかと見張っていたらしい。そういう目的で橋場へ来るのなら、玄関から堂々と入ってくるよりも、川の堤からのほうが適当だろう。とすると、門の近くに住んでいる寮番の老夫婦は、おようの来たことを知らない」

一方、お幸のほうは、その日、おようがひそかにこの家へ入り込んでいるのに気がついた。

「そこで、そ知らぬ顔で寮番夫婦に暇をやって、寄席へ行くのを勧めた。誰もいなくなったところで、ひそんでいたおように襲いかかって、多分、心張棒かなんぞでおようの後頭部をなぐりつけたんだろう」

水死体になったおようの後頭部にはかなりな怪我があったことは検屍の結果、わかっていた。

「気を失ったおようを縛って、どこかにかくしておいて、今度は近江屋へ使をやって由太郎をかわせみへ呼び出す。そのことが女中の口からおりきの耳に入るのを予想してのことだ。おりきはお幸の思惑通り、烈火のように腹を立てて、橋場の家へやってくる。あとはおりきが申し立てている通りだ」

「それじゃ、おりきさんが川へ突き落したのは、お幸さんだったんですか」

「そう考えるほうが自然だろう。おりきが立ち去るのを待って、お幸は堤へ這い上り、それから麻の葉の着物を脱いで、おように着せ、ひきずって大川へ投げ込む。自分は浴衣に着かえて、かわせみへ行った」

「でも、川へ落ちたのなら、髪が濡れていた筈です」

あの時のお幸の髪は乱れてはいたものの、水に濡れた様子はなかった。

「おりきがいってるよ。自分がお幸を突き落して、のぞいてみると岸辺の浅いところに尻餅をついたような恰好をしていたそうだ。それなら、髪まで濡れることはないだろう」

「でも、どうしてお幸さんが、そんなことを……」

「かわせみ」へやって来た時、いつでもお幸は子供のように泣きじゃくっていた。そんな娘が殺人を企むとは、るいにはどうしても思えない。

「おりきとおようが憎かったんだろう。それに、俺の勘では、お幸は由太郎に惚れている。おりきが妹殺しで死罪にでもなれば、自分は先代近江屋彦兵衛の娘なんだ。由太郎と夫婦になるのも夢じゃない」

そこまで考えてみたものの、お幸がおようを殺したという証拠が、なにもなかった。

「証拠がないんだ」

「当て推量だけじゃ、お縄には出来ねえからな」

源三郎が苦笑した。

「お幸を番屋へつれて行って、少々、ひっぱたいて白状させるという手もありますが、どうも、手前は荒っぽいことが好きではありません。もう少し、様子をみてと考えていますが……」

お幸が尻尾をだすかどうか。

「かなり利口な娘と思いますので……」

それでも、るいは半信半疑であった。それほど「かわせみ」での、お幸の印象はいい。

それから更に半月が経った。

江戸は朝夕、すっかり涼しくなって、虫の声が賑やかに聞える夜になった。

近江屋の番頭、喜平治が「かわせみ」へ寄ったのは、お幸の指図で寺へあずけてあったお六の骨箱を取って、近江屋の菩提寺へ移しに行った帰りであった。

「どうにも自分一人の胸にたたんでおくのが苦しくなりまして……」

いっそ、お役人にとも思ったが、流石にその勇気もない。

「大変なことを思い出したんでございます」

お幸が近江屋へ戻って暮すようになってから、或る時、ふと気がついた。

「京のお里さんから、お幸さんが生まれて間もなくの頃に、文を受け取ったことがございます」

たまたま、江戸に用があって出て来た扇職人にことづけたものだったが、

「手前が受け取り、旦那様におみせしてから、又、手前がその文をおあずかり申しました」

先代の内儀に気づかれないためであった。

喜平治にしても、人にみられては厄介な文で、手文庫の底にしまい込んで忘れることもなく忘れていたのだったが、

「これでございます」

二十年近い歳月で、紙は黄ばみ、ところどころが斑《まだら》になっている。

喜平治が気になったのは、その文の中、お幸の容貌などをしたためた部分であった。

赤ん坊のことだから、さきゆき、どう変るかはわからないが、今のところ、父親似で、肌の色が浅黒いのが、女の子だけに気にかかると書いてある。

「お幸さんは色白で、眼鼻立ちはお里さんそっくりでございます。先代の旦那様に似たところは見当りません」

女の子は年頃になると多少、母親に似てくるものだというが、

「色の浅黒い子が、あんなに抜けるほど色白になるものでございましょうか」

そのあたりがどうも心にしこってやり切れなくなったという喜平治の話は、るいの口から東吾と源三郎に伝えられた。

「色黒の子が、色白に化けたか」

二人が顔を見合せた。

「ひょっとすると、源さん、本物のお幸は藤屋の火事で死んだほうじゃなかったのか」

当人が、死んだのはお六で自分はお幸といったから、そのまま、まわりは信じた。

源三郎が藤屋を当ってみたが、これは夜になって着いた上に、女中もどっちがお六でどっちがお幸か、そこまではわからなかったといった。

「その辺から、ちょっと細工をしてみますか」

駄目でもともとという気で、源三郎が芝居を書いた。

近江屋へ京の扇職人から手紙が届いた。所用があって江戸へ行くのでよろしくというもので、職人の名はお六の亡父の知人であった。

手紙が着いた夜から、近江屋には張り込みがついた。

お幸がひそやかに近江屋の裏口から姿をみせたのは、二日目の夜であった。

みるからに重そうな包を抱いて、一目散に町を走り抜けて行く。

加減をみはからって、東吾が背後から声をかけた。

「どこへ行くんだ。お六」

娘の足がぴたりと止った。月光の中の顔は色を失って、唇がぶるぶる慄《ふる》えている。

町の辻から源三郎も姿をみせた。

すくんだようになっている娘をうながして、そこから遠くない船宿に用意させてあった猪牙《ちょき》に乗る。竿をとったのは、長助のところの若い衆で、本職が船頭である。

「お前、案外、気が小せえんだな」

舟が流れに乗ってから、東吾がうつむいている娘にいった。

「京から知り合いが来れば、お前がお幸でなくてお六だということは、ばれる。しかし、それだけなら若い娘の出来心で、お上の御慈悲もあるだろう。近江屋から金を盗んで逃げ出したとなるとそうは行かない」

お六が、それで気がついたように抱いていた金の包を前へおいた。いくらか落ちついた視線が東吾へむいた。

「もう、やけくそやと思うたからです」

ぽろぽろと涙をこぼして、お六は十七、八の娘の表情になった。

「由太郎さんは気の弱い人やから、うちが火事で姉さんの死んだのをいいことに、姉さんになりすまして、近江屋の娘になろうとしたと知ったら、それだけで腰をぬかしてしまいます。そないな性悪の女子を女房にしようとは決して思いません。うちの夢はもう消えてしもうたんです」

「それで、金を持ち出して逃げようとしたのか」

「うちは阿呆どす。逃げて行くあてもないのに……けど、他にどうしてええのか、わからんかったんです」

泣いたのは束の間で、お六の涙はもう乾いていた。

「不運に生まれついたもんは、なにをやっても運がないいうのは、ほんまのことですね」

子供の時から運のない子といわれたとお六は喋り出した。

「器量がええよってに、お公卿さんの屋敷に奉公したるいう話があっても、すぐに立ち消えになりました。大店から養女にしたるいう話もまとまりかけて無《の》うなりました」

棚からぼたもちのような幸運が舞い込みかけて、いつも途中で駄目になった。

「いつも考えていたんです。お六でない人間に生まれかわりたい。お六やったら、うちの一生は不運のまんまで終らんならん。早うに、お六から逃げ出さなあかん」

自分が自分から逃げ出す方法を、お六は江戸へ出て来た夜の火事に結びつけた。

死んだお幸になることで、お六の不運から脱け出したい。

「あきまへんなあ。前より一層、不運になってしもうた」

源三郎が、低く訊ねた。

「おようを殺したのも、不運から脱け出すためか」

お六が小さく笑った。

「やっぱり、うちは不運なんや。やること、みんな不運を招きよる……」

近江屋の娘になったら、由太郎に会った。由太郎を好きになって、どうしてもその女房と妹をどうにかしなければ、自分の幸せの道がない。

「幸せになりたいと思うては、不運になる。ほんまに情ない我が身やとつくづく愛想が尽きてます」

月光が再び照らし出したのは、疲れ果てた女の顔であった。

どこか、まだ子供っぽい横顔に老女のような諦めが浮んでいる。

その夜の中に、お六は伝馬町の牢に入れられ、かわりに吟味中だったおりきが解きはなたれて近江屋へ帰った。

数日後、東吾が「かわせみ」を訪ねると、女たちが簾《すだれ》の取りはずしと障子の張りかえをやっていた。

お六の吟味が終って遠島の裁決の出た翌日である。

「人一人殺したにしては、罪が軽くすんだんだが、俺も源さんも、すっきりしないんだ」

お召捕になった舟の上で、自分の不運を感情のない声で話していたお六が、どうも脳裡から離れない。

「人に運不運はつきものだが、あの子は不運に負けちまったんだな」

「お六さんをみたとき、なにかが欠けていると思ったんです」

るいが低い声でいった。

「そのなにかが、わからなかったんですけれど……あの人、いつも飢えているみたいでしたのね。高いところをみつめて、自分がそこへ届かないといっては腹を立てたり、悲しんだりしている。もっと手近かに幸せがころがっていたかも知れないのに……」

幸せを出世という物さしでしか計ることを知らなかった娘の不幸かも知れないというるいは、手拭の姉さんかぶりで器用に障子紙を張っている。

るいは自分の幸せを、ここにみつけたのかといってやりたい気がして、東吾はめっきり秋の気配の濃くなった「かわせみ」の庭を眺めた。

萩の花が咲きはじめて、紫色の花片が散りこぼれている。

大川の上は澄み切った青空であった。

白萩屋敷《しらはぎやしき》の月《つき》

一

殊の外、だらだらと長く続いていた残暑も漸《ようや》く峠を越えたかと思われる朝、奉行所へ出仕前に、神林通之進が弟の東吾を呼んだ。

ちょうど、東吾にとっては兄嫁に当る香苗が朝飯の膳を下げて行ったところで、居間には通之進が一人だったが、東吾をみると違い棚から四角い包と一通の書状を取って来た。

「午《ひる》からでよいが、根岸まで使をしてくれぬか」

場所は御行《おぎょう》の松の近くで、旗本、青江但馬《たじま》の別宅だが、

「あの辺りで、白萩屋敷と聞けば、すぐわかる」

「白萩屋敷ですか」

東吾が少し笑ったのは、如何にも根岸らしいと思ったからで、だいぶ以前から、文人墨客と呼ばれる連中が根岸に別荘を建て、風雅の催をするのが流行《はや》っているのを承知していたせいである。

で、先の書状の宛名に「香月殿」とあるのをちらとみて、

「香月というのは、青江但馬殿の俳名かなにかですか」

と訊いたのだが、

「いや、御後室の雅号だ」

さらりといい捨てるようにして通之進が立ち上ったのは、香苗が出仕用の裃《かみしも》、紋服を運んで来たからで、

「本来ならば、わしが参るところだが、このところ、御用繁多で心にまかせない。その旨、くれぐれもお詫び申し上げてくれ」

といった。

東吾がひき寄せてみると、四角い包は香箱らしく、かすかに名香の匂いがただよってくる。

成程、もう彼岸の頃だったと思い、東吾は兄へ向って両手を突いた。

「承知しました。その他に、なにか使の口上はありませんか」

「御後室は徒然《とぜん》でいらっしゃる。もし、おひきとめになるようなら悪遠慮はせず、お話相手をするように」

「わかりました」

手早く身仕度を整えた通之進は濃紺の紋服に継裃《つぎがみしも》が映えて、弟がみても惚れ惚れするような男ぶりであった。

「行ってくるぞ」

玄関の式台まで見送りに出ている香苗と東吾に笑顔をむけて、通之進は颯爽《さっそう》と門を出て行った。

居間へ戻って来て、東吾は早速、兄嫁に訊ねた。

「青江但馬殿という御仁は、いつ頃、歿《なくな》られたのですか」

香苗は夫の衣服をたたみながら、少し考える様子をみせた。

「たしか、五、六年前ではなかったかと思いますけれど……」

「おいくつぐらいだったのですか」

「七十そこそこでしたかしら」

五、六年前に七十で歿った男の未亡人なら、どう考えても婆さんだと、東吾はがっかりした。

「婆さんの話相手をして来いとは、兄上も人が悪いですね」

兄嫁を前にして本音が出た。

「いったい、兄上と青江家というのは、どういうつき合いなんですか」

今までに、兄の口から青江但馬の名を聞いたことがなかったのだ。

「そちらの御後室様のお里方が、吟味方与力をお勤めの中尾三左衛門様とのことでございます」

「中尾殿ですか」

中尾家は神林家と同じく、代々、町奉行所の与力職であった。八丁堀の屋敷も、比較的近くで、先代の中尾三左衛門は能書の聞えの高かった人である。

「そういう御縁ですか」

香苗が、なにかいいたげにしているのに気づかず、東吾は香箱の包と兄の書状を一つにまとめて、自分の部屋へ戻った。

午前中は八丁堀の組屋敷の中にある道場で若い子弟の稽古をみてやって、屋敷へ戻って井戸端で水を二、三杯かぶって汗を流し、少々、遅い昼飯をかき込んでいると、兄嫁が新しい外出着を持って来た。

褐色《かちいろ》の結城紬《ゆうきつむぎ》に仕立て下しの袴、紋付の単羽織を着せられて、

「では、婆さんに線香を届けに行って参ります」

のどかな顔で東吾は八丁堀を出た。

根岸まで、駕籠を嫌って箱崎町の船宿へ来ると、

「東吾さんじゃありませんか」

舟着場のところで、若い船頭と立ち話をしていた畝源三郎がふりむいた。珍しく薩摩《さつま》絣《がすり》の着流しで、腰には十手もさしていない。

「定廻りの旦那がめかし込んでのお忍びかい」

「親類の物好きが、根岸の里に隠居所を造りましてね。叔父御の還暦の祝をそこでやるというものですから……」

たまたま、非番であったので出かけて行くところだという。

「源さんも根岸か」

舟で行くなら乗せてもらおうといい、東吾は仕度の出来た猪牙《ちょき》へ、先に乗った。

「東吾さんも根岸ですか」

「白萩屋敷というのを知っているかい」

「御行の松の近くでしょう。名前は聞いています」

邸内の白萩が有名で、その名があるという。

「兄上の御用で、そこの婆さんの話相手をしに行くんだ」

秋の陽はけっこう強いが、川の上には風が吹き渡って行く。

「大の男が根岸くんだりまで出かけて爺さん婆さんの御機嫌うかがいというのも冴えねえな。いっそ、帰りは待ち合せて、吉原《なか》にでも繰り込もうか」

大川へ山谷堀が流れ込むあたりで、東吾がいい、

「本気なら、白萩屋敷へ迎えに寄りますよ」

あまり気のない声で、源三郎が応じた。

千住大橋に近い舟着場から上って、大川沿いの道を行くと、上野山の北かげにぽつん

ぽつんと人家が点在し、山茶花《さざんか》の垣根や梅の林が如何にも風雅に続いている。

「このあたりの鶯《うぐいす》は京なまりで鳴くというのを知っていますか」

並んで歩いていた源三郎がいい、東吾が笑った。

「そのむかし、上野の御門主が京から取り寄せた鶯がここの先祖だというのだろう」

京都から寛永寺の御門主として下られた法親王の耳に、関東の鶯の囀《さえず》りはホーホケキョとは聞えなかったものか、東《あずま》なまりがあって聞き苦しいと、京から運ばれた鶯が何百羽も放生会《ほうじようえ》よろしく放されて上野の山に巣を作ったというもので、今でもここらの鶯は美声ということになっている。

あいにくの季節はずれで、梅の林に花もなければ、名物の鶯も鳴いていないが、風流とは無縁の男二人は御隠殿《ごいんでん》と呼ばれている上野の宮の御隠居御殿の森をむこうに眺め、石神井川のほとりに出たところで、

「白萩屋敷はあの角です。手前はこっちへ参りますので……」

右と左に袂を分った。

畝源三郎に教えられた屋敷は小柴垣で、石神井川《しやくじい》からの小さな流れに小橋を渡して枝《し》折戸《おりど》をくぐるようになっている。

東吾が声をかけると、奥から筒袖の着物にくくり袴をはいた老人が出て来た。髪の白さ、腰の曲り具合からしても、七十はとっくに過ぎていると思われる。

「手前は神林通之進の弟、東吾と申す者、兄の使にて参りました」

東吾の鹿爪らしい口上を、手を耳にあてて聞き取り、

「それはそれは、ようこそ……」

すぐに枝折戸を開けて、案内してくれた。

枝折戸からは細道で、庭はかなり広い。道の両側は萩がところせましと植えてあるが、花はまだ咲いていない。

その先に家がみえた。

茅葺《かやぶ》き屋根の田舎家風ではあるが普請は凝っていて、檜《ひのき》の良材がふんだんに使われている。

「只今、お取り次ぎを申して参ります。暫く、こちらに……」

玄関を入ったところで、東吾は待たされた。

土間から続いたその部屋も、ちょうど茶席の待ち合いのような造りで、小暗いところにかけてある扁額《へんがく》なども洒落ている。

「お待たせ申しました。どうぞ、お通り下さいまし」

再び、老人に案内されて廊下を行くと広縁にでた。庭へむかって部屋が二つ、手前は仏間のようであった。

女主人は奥のほうの部屋で、花をいけていた。縁側に斜めにむいた恰好で、そっちから案内された東吾には、女主人の左の横顔がみえる。

誰だろう、と、最初、東吾は思った。

藤色の着物に白っぽい被布《ひふ》を着ている。まるで、萩の花の精がそこにすわっているような、清楚であでやかな印象であった。決して若くはないが、匂うような美貌は年齢を感じさせない。兄嫁の香苗と同じくらいではないかと東吾は推量した。

「ようこそお越し下さいました。貴方様が神林様の弟御様、お噂はよう承って居りましたが、お目にかかるのは、はじめてでございますね」

低いが、しっとりとよく透る声である。

東吾は我にもなくどぎまぎして、座敷のすみにすわった。

「これを、兄よりことづかって参りました。本来なれば兄自身がおうかがい申すところを、御用繁多のため、よんどころなく、手前が……」

声がかすれそうになり、東吾は唾《つば》を呑み込んだ。膝行《しっこう》して、兄の書状と香箱を差し出す。

「いつも、お心におかけ下さって、嬉しゅうございます」

傍の小桶の水で手を洗い、大事そうに通之進の手紙を押し頂いてから開いた。

この人が、青江但馬の未亡人とは、想像もできなかったが、ことの成り行きからしてそう判断せざるを得ない。

それにしても、若すぎた。歿った青江但馬は七十すぎの老人である。

部屋に女中が入って来た。

中年の朴訥《ぼくとつ》な女で、東吾に茶を勧め、そのついでのように、花の壺を広縁に、小桶や油紙などを片づけて行った。

「まあ、見事な香箱を……」

手紙を読み終えた女は、香箱の包を開いた。東吾にしても、はじめて目にするものであったが、蒔絵の香箱は彼女が感嘆するにふさわしく、美しかった。なかには、これもみるからに上等そうな香の包がいくつも入っている。

「早速、御仏前に……」

ゆらりと女が立ち上って、仏間へ入った。

香包の一つを開いて、香炉にくべる。

芳香があたりにただよい、それで東吾は気がついた。

「焼香させて頂いてよろしゅうございますか」

会釈を受けて、仏間へ入った。仏前へ合掌する。

「ありがとう存じます」

東吾の横から、女主人が礼をのべた。何気なく、そっちへ顔をむけて、東吾は動揺を危く、答礼でごま化した。

美しい女主人の右半分の顔には、むごたらしいばかりに火傷の痕が残っている。

女主人がすっと立って広縁に出た。手を叩いて女中を呼ぶ。

「折角、このような所までお運び頂いたのですから、どうぞ、ごゆっくり遊ばして……」

東吾は返事に窮した。思いがけない火傷をみた衝撃は顔色にもださなかったが、なんとなく目のやり場がない。

「通之進様には、お変りもなく……」

いつの間にか、女主人は東吾のはすむかいに戻っていた。その位置だと、火傷のほうの顔がみえにくい。

「おかげ様で息災《そくさい》にして居ります」

「奥様にも……」

「はあ」

酒と肴の膳が運ばれて来た。

「これは恐縮です。まだ、陽の高い中から」

「仏のお供養でございます」

酌は女中がした。

「最前、いけて居られた花は、大変、珍しいものでしたが……」

盃を手にして、東吾は広縁の壺をみた。

尾花に、赤い小さな実のような花のと、薄青色の花とが、備前の壺によく調和している。

「野の花でございます。吾亦紅《われもこう》と松虫草……」

「吾亦紅……」

「吾も亦、紅なりと書きますの」

「吾も亦、紅、ですか」

素朴な花だけに、名が良かった。

「松虫草というのも、いい名前ですね」

「秋の花でございます。いつもは、もう咲いて居りませんのに、今年はまだ少々、残っているようでございます」

広縁から見渡せる庭にも、萩の木が多かった。白い花が僅かばかり咲きはじめている。

「こちらの庭の萩はみんな白ですか」

花を話題にするのは、東吾の柄ではなかったが、この際、致し方なかった。

「私は、白い花が好きでございますので……」

「咲いたら、見事でしょうな」

「今年は、夏が不順だったせいか、花が遅れて居ります。もし、お暇がございましたら、花の咲く頃、お知らせ申しますが……」

「手前は次男坊の冷や飯食いですから、いつでも暇をもて余して居ります」

「お兄様に、よく似ていらっしゃいますこと」

嘆息のような調子であった。

「最初、お目にかかった時は、御兄弟でもあまり似ていらっしゃらないように思いましたのですけれど、こうして、しみじみお話をして居りますと、やはり御兄弟ですこと」

「兄は、そのむかし、美男の聞えが高かったそうですが、手前のほうは父親ゆずりの面がまえですから……」

「おもてになりますでしょう」

品のいい忍び笑いであった。

「一向に……」

「御妻帯は……」

「まだです」

「あちらこちらに、よいお方がおありなのでしょう」

「そんなことはありません」

とぼけながら、東吾は汗をかいた。

巷《ちまた》の、埒《らち》もない雑談を少々して、ゆっくり盃を重ねていると、やがて日が暮れて来た。

「思いがけず、御馳走になり、時を過しました。今日はこれにて失礼いたします」

「萩が咲きましたら、どうぞ、今一度……」

「ありがとう存じます」

枝折戸までは女主人が送って来た。

小川のむこうに、畝源三郎が立っている。

「お供の方でいらっしゃいますか」

女主人に訊かれて、東吾は苦笑した。

「友人です。たまたま、この近くに用事がありまして小道を戻って行った。

改めて挨拶をすると、女主人は源三郎へ会釈して小道を戻って行った。


「源さん、長く、待ったのか」

なんとなく、ほっとして東吾は友人と肩を並べた。

「それほどではありませんが……大層、美しい御後室様ですな」

御行の松のほうへ向いながら、源三郎がにやにやした。

「あんな麗人のところへ行かれるというのに、婆さんに線香を届けるとは、東吾さんもとぼけていますよ」

「てっきり、六十、七十の婆さんと思ってやって来たんだ。死んだ亭主の年齢から考えてみると若すぎるんで驚いた」

「火傷が無惨ですな」

「みえたのか」

「東吾さんには、きれいなほうの顔をみせて歩いていましたがね」

帰りも大川を舟で、往きにはきいたふうな口で眺めていた山谷堀を、帰りの東吾はそ知らぬ顔で通り越した。

舟から上って、まっすぐに大川端へ、「かわせみ」の入口は東吾が先に、源三郎が苦笑しながら後に続いた。

「若先生、こりゃあ、畝の旦那も御一緒で」

帳場から嘉助が出迎え、その声をききつけたように、奥から夕化粧もあでやかな、るいが、いそいそと姿をみせる。

「るいの帯の柄は、萩じゃないか」

奥へ通りながら、東吾が気づいた。

金茶の細い縞の上に白く萩の花が織り出されている。

「お珍しいですね。若先生が帯の柄なんかのこと、おっしゃるの」

早速、酒の仕度を運んで来たお吉がすぐにひやかした。

「うちのお嬢さんが、なにをお召しになったって、ちっともお気づきにならないじゃありませんか」

「冗談いうな。気がついていて、わざと黙っているだけだ」

「お似合いの時は、お似合いだ、ぐらいのことはいってあげて下さいな。どなたのために、毎日、おめかしなすっていらっしゃると思うんです」

「お吉ったら……」

るいが、お吉の手から徳利を受け取って畝源三郎から酌をした。

「東吾さんの頭の中は、どうやら、萩の花で一杯になっているようですな」

東吾により添ったるいを眺めて、源三郎がいい出した。

「なにせ、今日は白萩屋敷へお出でになって、凄い美人と……」

東吾が、源三郎の言葉尻にかぶせていった。

「るいは、中尾三左衛門どのを知っているか」

「はい、お名前だけは……」

「吟味方与力をおつとめの中尾様でございましょう」

青々と茹《ゆ》で上げた枝豆の皿を自分で持って来た嘉助が言葉をはさんだ。

「御先代は能書家として聞えた方でございました。大層、おきれいなお嬢様がいらっしゃいましたが……」

「流石《さすが》に嘉助は、よく知っているな」

「若先生や畝の旦那のお年では、御存じないかも知れませんが、中尾様のお香様といえば八丁堀小町と呼ばれたくらいで……ですが、もう、いいお年になられた筈で……」

「いくつになると思う……」

と東吾。

「左様でございますな。たしか、神林様より七歳年上の筈で……」

「兄上より七つ上か……」

まさかという顔を東吾がした。到底、四十なかばにはみえなかった。

「中尾殿の娘は一人きりか」

「はい、たしか、旗本の青江但馬様へお輿《こし》入れになりまして……」

それならば間違いはなかった。

「それにしても、年が違うな」

ざっと三十歳は、年のはなれている夫婦ということになる。

「お香様は後添えにお出でなさいましたので」

「あんな美人が、どうして後添えに行ったんだ」

ああ、そうか、と合点した。

「火傷のせいなのか」

「火傷でございますって……」

嘉助が眉をひそめた。

「お香殿は顔半面に火傷の痕があるぞ」

「そんな筈はございません。手前が存じ上げているのは、火傷なんぞは決して……」

中尾家から花嫁の行列が出る時、近所の者はみんな中尾家の方へ押しかけて行って、美しい花嫁姿を見物し、嘆息をついていたものだと嘉助はいった。

「すると、火傷は嫁がれてからですな」

畝源三郎がいい、るいが東吾の顔を窺《うかが》った。

「東吾様はそのお方にお会いになりましたの」

「兄上の使で行ったんだ。歿られた青江殿の供養に、彼岸の線香を届けたんだが……」

「東吾さんは、御後室を六十、七十の婆さんと思っていたそうですよ。あんまり、若くて美人なので仰天したらしいのです」

枝豆をせっせとつまみながら、源三郎は面白そうであった。

「畝様も、そのお方をごらんになりましたのね」

「東吾さんを送って、木戸のところまで出て来られた時に、他《よそ》ながら眼の保養をしましたが……」

「そんなに、おきれいな方……」

「火傷がなければ、おるいさん並みの美女ですよ。それに、四十すぎているとは思えませんでした」

「色っぽい方なのでしょう」

「後家さんというのは、大抵、色っぽいものじゃありませんか」

東吾が慌てて、るいを制した。

「いい加減にしないと、源さんにのせられるぞ。こいつは俺達が仲がよすぎるんで、嫉《や》いてるんだ」

源三郎が哄笑《こうしょう》し、それまでちょっと考えていたような嘉助が、また話し出した。

「そういえば、もう十何年も前かと存じますが、青江様の御別邸が火事にお遭いになったというような話を耳にしたことがございましたが……もしかすると、その折にでもお怪我をなすったのかも知れません」

その夜の「かわせみ」での話は、そんなものであった。更《ふ》ける前に、畝源三郎が帰り、東吾はそれから一刻あまりをるいの部屋で過し、泊らずに兄の屋敷へ帰って行った。

通之進への報告は、翌朝になった。

「昨夜は遅くなって申しわけありません。根岸で源さんに会いまして、帰りがけに少々、つき合って戻りましたので……」

白萩屋敷の女主人からの礼のことづけを述べた。

「今年は萩の咲くのが遅れているそうです。咲き揃った頃に、折あらば、というようなお言葉でした」

「左様か……」

通之進が庭へ視線をむけた。そこには桔梗《ききょう》が咲いている。

兄が出仕したあとで、東吾は兄嫁の香苗がどことなく沈んでいるのに気がついた。表情も冴えないし、どこか屈託している。

東吾は、そんな香苗の様子を気づかって外出をひかえた。なんとなく出入りの植木屋の仕事をしているのを眺めたりしていると、いつの間にか香苗が傍へ来ている。

「青江様の根岸の御別宅は、萩が見事なのでしょう。白萩屋敷と呼ばれているとか……」

「萩は随分と植えてありました。白い花がお好きなそうで……」

「白い花……」

ぽつんと香苗の言葉が切れて、東吾は訊ねてみた。

「兄上はよく白萩屋敷へお出かけになっていたのですか」

「よくという程でもございませんの。春と秋のお彼岸の頃、お供物をお届けがてら……」

「義姉上《あねうえ》も……」

「いいえ、いつもお一人です」

「兄上は青江但馬殿と昵懇《じっこん》だったのですか」

「いいえ、ただ、香月様のお父上には、御幼少の頃、書を学ばれて、その御縁からだと聞いて居りますの」

「そうだったのですか」

通之進が子供の頃に、香月、つまり白萩屋敷の女主人の父親に書道を学んでいたとすると、かつての師の娘に、彼岸の供物を届ける気持は理解出来る。そういうところは、情に厚い兄であった。

「香月どのというのは、雅号のようですね。本名はお香どのといわれるそうです」

「かわせみ」の嘉助に聞いた話をした。

「お若い頃は八丁堀小町といわれたようですが、気の毒なことに、火傷で顔の半分が痕になっています」

香苗が驚いた顔になった。

「顔にまで……」

「ええ、かなりひどい痕が残っていますよ」

そういうこともあって、兄は年二回、表敬訪問を続けて来たのかも知れないといった。

「屋敷の中は、女中とととしよりの召使と、だいぶ寂しいお暮しのようにみえましたから」

「お気の毒でございますね」

そこへ用人が来た。

「畝源三郎どのが参って居りますが……」

「源さんが……」

なにか事件かも知れないといい、東吾は香苗に会釈をして裏口から外へ出た。

畝源三郎は町廻りの恰好だったが、小者はついて居らず、一人であった。

「白萩屋敷の一件ですが、耳よりな話をきいて来ました」

立ち話でもいいが、拙宅へ来ませんかといわれて、東吾はついて行った。

同心の独り暮しの家は殺風景だが、人の耳を気にする必要がない。

「中尾殿のお香殿が、青江家へ嫁がれたのは、二十三の時だそうです」

「随分と遅いな」

通常、娘は十六、七で縁談が決る。

「星の数ほどもあった縁談を、どうしてもお香殿が承知なさらなかったせいだといわれています」

「高のぞみだったのか」

美しい女には、よくあることであった。もっと良縁がと当人も周囲もふん切りがつかずにずるずると時を過して、気がつくと年増になっている。

「その辺は、わかりかねますが、青江家へ嫁がれたのは、お香殿の父上が歿られて、兄上が中尾三左衛門の名を継がれて間もなくだったようです」

　娘可愛さでいいなりになっていた父親が死んで、兄の代になると俄かに実家に居づらくなって、そそくさと嫁ぐ気になったものだろうか。

「青江家は名家で裕福という評判ですから、後添えといっても、それほど悪い縁談ではなかったと思えますが……」

　ともかくも、お香は二十三で、三十以上も年上の男の妻となった。

「還暦近くじゃねえか。よくもまあ、そんな年で若い女房をもらう気になったもんだ。ぼつぼつ、女には用のねえ体だろうが……」

　なんとなく忌々《いまいま》しくて、東吾は乱暴な言葉遣いになった。

「まあ、人はそれぞれですから……」

　そんなことよりと、源三郎は少々、声の調子を改めた。

「お香殿のあの火傷は、いわば貞女の鑑《かがみ》のようなものだったのですよ」

　今から十七年前のこと。

「その当時、お香殿は体を悪くして、千駄ヶ谷にあった青江家の別宅で静養されていたそうですが、そこへ青江殿が見舞に来られた。たまたま、お香殿のほうは気晴しに女中と一緒に近くへそぞろ歩きに出かけて居られたというんです。なにが原因かは知りませんが、お香殿が戻って来た時、別宅は火に包まれていて、老齢の但馬殿は逃げ遅れた様子だという。そこでお香殿が女中のとめるのもきかずに屋敷の中へかけ込んで……」

「亭主を助けたのか……」

うんざりした顔で東吾がいい、源三郎が手をふった。

「但馬殿はすでに別のところから逃げ出されていて、お香殿の行為は無駄だったわけですが……」

顔の火傷は、その時のものだといった。

「そそっかしいといっちゃあ酷だが……」

「お香殿はその時から根岸の白萩屋敷へひきこもって、二度と番町の本宅へは帰られなかったそうです。但馬殿が歿られた折にも、とうとう根岸から一歩も出られなかったとかで……」

「火傷の顔を気にしているのか」

「世間では、そう取沙汰して居ますが……」

「源さんは違うと思うのか」

「なにかおかしな気がします。なにかが。全く見当がつかないのですが……」

そういわれて東吾も腕を組んだ。この友人が、みかけによらず、不思議な勘を持っているのはよく知っている。

しかし、どう考えてみても、どうということはなかった。

美貌に生まれていた娘が、うっかり嫁ぎおくれて年寄の後妻になった。貞節な女で火事の際、夫が逃げそびれたと思い、助けに入ったために顔に火傷を負った。当人はそれを恥かしく思って、隠居所にひきこもって人づきあいをしなくなった。そのことも、美貌の女なら容易に考えられることであった。

「青江家は、今、どうなっているんだ、当主は先妻の悴か……」

「おっしゃる通りです。お香殿よりも三つ年上の御子息が跡を継いで、そちらには奥方もお子もおありです」

「根岸の暮しは、どうなんだ」

「青江家からの仕送りにこと欠く様子はありません。お里方の中尾殿にしても、なにかと心にかけてお出でのようですから……」

暮しには不自由ないだろうという。

それにしても、不幸な女、というのが東吾の感想であった。

二

十日ばかり狸穴《まみあな》の方月館へ行っていて、

「この次にお出で下さる時は、お月見が出来ますね」

方月館の台所の切り盛りをしているおとせの言葉を背に八丁堀へ帰ってくると、畝源三郎が待っていた。

「実は、今日、お帰りにならなければ、手前が狸穴まで参ろうと思っていました」

白萩屋敷の女主人が病んでいるという。

「どうも、あれから気になりまして、それとなく様子を訊かさせていたのですが……」

あのあたりを縄張りにしている岡っ引の七造というのが、白萩屋敷へ出入りをしている医者から様子を訊き出して来たらしい。

「どうもはかばかしくないようです」

「どこが悪いんだ」

労咳《ろうがい》かと思ったのだが、

「心の臓が弱っているそうです。生まれつき、病の因があるとかで……」

大川端の「かわせみ」で、るいが待っているだろうと思いながら、東吾は足を兄の屋敷へむけた。

通之進は奉行所から下ったばかりで、居間で分厚い書類を開いていた。幸い、というのもおかしいが、兄嫁の姿がない。

「実は、今、源さんから耳にしたのですが……」

弟の話を通之進は黙って聞いていた。そのあとも沈思している。

「もし、見舞に行かれるのなら、お供をしますが……」

よけいなことかな、と思いながらいってみた。兄の態度が、どことなく香苗を気にしているように思えたからである。

「いや、今夜はこれから飯田殿のお招きを受けている」

内々だが、御用向きの話もあって出かけないわけには行かないと、通之進はいった。

「では、明日、明後日にも……」

「今夜、其方が行ってくれぬか」

なにか見舞に、といいかけて通之進は手文庫から一冊の本を出した。

「伊勢《いせ》の御《ご》、といわれた歌人の歌集だ。先だって、手に入れたのだが、お気晴らしにと持って行ってくれ」

「承知しました」

部屋へ戻って、改めて歌集を眺めた。

どうも兄らしくない気がする。歌集など、それも女の歌集などを、どうして買っておいたのか。

白萩屋敷の女主人は歌を詠むのかと思った。

根岸という土地に住んでいるのも、香月という号も、そう考えると納得出来る。

着がえをし、軽く腹ごしらえをしてから東吾は出かけた。

根岸へ着いたのは日が暮れて間もなくで、思わず息を呑んだのは、白萩屋敷の萩が満開だった故である。

垣の内は、どこも白い花が重たげに枝を埋め、花の下には花が散りこぼれていた。

出迎えたのは、この前の老僕で、見舞に来たという東吾を奥座敷へ案内した。

そこはこの前、案内されたところとは別棟になっていて、三方が萩の庭に囲まれている。

夜気の中に花の香がかすかに漂って来て、東吾は陶然となった。白い花が闇の中にぼうっと浮び上っているのは、神秘的であった。

衣《きぬ》ずれの音がして、女主人が入って来た。白縮緬《ちりめん》に墨絵で萩の花群が描かれている。帯はなく、鴇《とき》色のしごきを前に結んだだけであった。

「やっぱり、来て下さいましたのね。花の盛りに……」

嬉しそうにいわれて、東吾は途方に暮れた。

「起きてよろしいのですか」

「寝《やす》んでいて治る病でもございませんの」

女中が酒肴を運んで来て、すぐに去った。

一度、やんだ虫の音が、わあっと起る。

「今夜はお花見を致しましょう」

辞退する東吾に、盃を無理に持たせせた。

「私を病人扱いなさいませんように」

東吾は懐中して来た和歌集を出した。

「これを、通之進様が……」

白い顔が、かすかに染まった。

「失礼ですが、歌をたしなまれるのですか」

香月が微笑した。

「でも、今までの草稿はみんな焼き捨てましたの。つまらないものを残したくはございませんので……」

少し、萩の中を歩きたいといった。

「大丈夫ですか」

「病人扱いはしないで下さいと申しましたでしょう」

母親に叱られたようで、東吾は香月の手をひいて外へ出た。

広い庭を埋め尽すような花の群であった。

花の白さと月光が夜の庭をほの明るくして、そぞろ歩きにはこの上もない。

「実に見事です。花をこんなに美しいと思ったのは、はじめてです」

それは実感であった。少くとも、萩がこれほど月の庭にふさわしいとは知らなかった。

「一度だけ通之進様と、萩の中を歩いたことがございますの」

東吾の耳のそばで、香月がささやいた。

「この庭ですか」

「いいえ、お寺でございましたの。母が歿りまして、その法要の夜でございました」

「母上の……」

「父が歿ります二年前のことでございます」

すると、香月のお香は二十一になっていた筈である。兄の通之進は十四。

「兄は、若い時分に、あなたの父上に書を学んでいたことがあるそうですね」

黙っているのが息苦しい感じで、東吾が話しかけた。

月光の花の中の香月は、この世の者とは思えないほど、神々しく、あでやかであった。

「私が通之進様にお手ほどき申し上げたものもございます」

「なんですか」

「和歌ですの」

絶句した。兄と和歌とはまるで結びつかない。

「おみせしましょうか。通之進様のお歌……」

「是非、お願いします」

好奇心で、東吾は香月をせき立てた。

二人が戻って来たのは、先刻の部屋であった。

香月は東吾をみつめたまま、内懐へ手をさし入れて紅い布に包んだ二つ折の短冊をとり出した。

「どうぞ……」

短冊には、まだ香月の肌のぬくもりが残っている。長い歳月を経たものだということは短冊でも、墨の色でもよくわかった。

花に似し君想わるる　月の夜に
萩の小道を一人し歩めば

通之進

「私が青江へ嫁ぎます折に、通之進様が下さったものでございます」

見事な筆跡だが、どこかに稚さがあった。

東吾は黙っていた。

これは恋歌ではないかと思う。兄は香月に恋をしていたのか、いや、恋と呼ぶにはまだ幼い、少年の年上の女に対する憧憬のようなものかも知れない。

「通之進様は早くお母様をおなくし遊ばしたせいか、私のことを母とも姉とも慕うて下さったように存じます。でも、私はあのお方が好きでございました」

低く、香月が庭の萩をみつめたまま、話し出した。

「お恥かしいことですけれど、私、一生に一度でも通之進様と枕を共にしたいと願いました。あのお方は私よりも七つ年下で……私の気持は片想いと承知もして居りました。どうしても嫁がねばならなくなった時、私、一番、年の離れたお方をえらびました。夫となる人が一日も早く死んでもらいたい。独りになれば、又、通之進様にお目にかかれるかも知れないと……」

唇が僅かに笑った。

「恐ろしい女とお思いになりましょう」

「しかし……」

声が咽喉につまって、東吾は盃に残っていた酒を飲んだ。

「あなたは火の中へ青江殿を助けに行かれたではありませんか」

「いいえ……」

香月の髪が揺れた。

「あれは、この短冊を取りに参りましたの」

「なんですと……」

香月が東吾の手から短冊を取り戻した。

「これは、私の命でございますもの……」

文字の一つ一つを心に刻むように見て、短冊を東吾へ返した。

「あなたの手で、焼いて頂きましょう。私が死んだあと、誰の眼に触れてもいけませんし、東吾様以外のどなたにも渡したくございませんから……」

部屋のすみから香炉を取って来た。埋み火《うずびび》の上で香が僅かにけむっている。

「これで、どうぞ……」

「よいのですか」

「焼いて下さいまし」

東吾は短冊をゆっくり二つに割いた。かすかな声が香月の咽喉から洩れる。かまわずに細く千切って香炉にのせた。

白い煙に赤い炎が重なって、それはあっけない早さで灰になった。

香月は畳に突伏していた。

背が波のように揺れている。女の情感が全身にたちこめていて、東吾はそれにのめり込んだ。

手をのばして抱き起すと、香月の体はしなやかに、東吾の腕の中におさまった。

「一つだけ教えて下さい。兄は、あなたを抱いたことがあるのですか」

女の眼から涙があふれ落ちた。

「一度でいい、一度でいい、と、それだけを思いつめて……でも、こんな醜い顔になってしまって……私が通之進様に抱かれたのは、夢の中だけでございます」

「そのことを、兄にいわれたのですか」

涙が更にぼろぼろとこぼれた。

「口に出すくらいなら、死にます」

香月の体が異様なほど熱くなっていた。抑えても抑え切れないものが、女の体を蛇のようにくねらせて、両手で東吾にすがりついてくる。

生涯、命と思って抱きしめて来た恋歌を火中にしてしまった代りに、煩悩《ぼんのう》に火がついたようである。

「一度だけ、あなた……」

東吾は香月を抱きしめた。

兄の身代りなのはわかっていたが、それでいいと思う。

東吾の脳裡に白い萩の花が散乱し、やがてそれは波の飛沫《ひまつ》の中にのみ込まれて行った。

香月の死を、東吾が聞いたのは、月が変ってからであった。

「青江様の御当代様が、それはよく出来たお方で御遺骸は番町のお屋敷へ移され、立派な御法要が行われたそうですよ」

畝源三郎の話を、東吾は重い気持で聞いた。

香月の命を縮めたのは、あの夜の出来事だと思う。

夜が明けるまで、東吾を求めてやまなかった香月が、最後にあげた声は、通之進の名を呼ぶものであった。

その満ち足りた絶叫は、しらじら明けの根岸の里を帰って行く東吾の耳にこびりついて、どうにも消えなかった。

香月の葬儀に、兄の通之進は出かけたようだったが、東吾は行くわけには行かない。

明日は十五夜という日に、香苗が本所の麻生家へ出かけた。

その留守に、

「東吾、供をしてくれ」

兄に呼ばれて、東吾はなんの気なしに屋敷を出た。

舟である。

気がついたのは、千住大橋を越えてからのことである。

根岸の里は、月の夜であった。

兄のあとから、東吾は提灯のあかりをさし出すようにして白萩屋敷へ向った。

小柴垣のむこうは無人になっていた。

女主人が世を去って、奉公人も暇を出されたものか、木戸を押して入ってみると、家の戸はすべて釘づけにされている。

「青江殿は、ここを手放されるそうだ」

ぽつんと兄がいい、弟は別棟の黒い屋根を見た。

あの屋根の下で、香月は身代りの恋に燃え尽きた。

萩はもう散り切って、庭は荒れかけていた。

「東吾」

兄が呼んだ。

「わたしは少年の頃、香月殿が好きであった。母のように、姉のように、香月殿を慕っていたと思う。それだけではなかった」

通之進の足許で、落葉が風に吹かれていた。

「あの人が青江家へ嫁がれた夜、わたしは中尾家の菩提寺で夜をあかした。あの時の心の千切れるような苦しみと痛みは、恋だったのかと、あとで知った」

「兄上……」

月光を仰いで、東吾は兄の背後のほうに立った。

「そのことを、香月殿はご存じだったのですか」

「いや、知るものか、知られる筈がない」

苦笑が通之進の表情を寂しくしていた。

「あの人は人の妻……いう折もなく、いう言葉もないではないか」

少年の日の思いは、そのままで歳月を越え、香月の死によって終ったと通之進はいった。

「それでよかったとは、思っている」

「左様でしたか」

香月が、どこかで兄の告白をきいているような気がして、東吾は四辺を眺めた。

「香月殿も、同じお気持だったかも知れませんね」

兄の恋歌を燃したことも、その夜のことも、兄には生涯、告げるまいと東吾は思っていた。兄の知らない、香月の火傷の理由も。

風が萩の枝をゆさゆさと揺らしている。

本書は一九八九年十月に刊行された文春文庫「白萩屋敷の月　御宿かわせみ8」の新装版です。

文春文庫

白萩《しらはぎ》屋敷《やしき》の月《つき》　御宿《おんやど》かわせみ8

定価はカバーに
表示してあります

2004年12月10日　新装版第1刷
2025年7月15日　　　　第9刷

著　者　平《ひら》岩《いわ》弓《ゆみ》枝《え》
発行者　大沼貴之
発行所　株式会社 文藝春秋

東京都千代田区紀尾井町3-23　〒102-8008
TEL 03・3265・1211㈹
文藝春秋ホームページ　https://www.bunshun.co.jp

落丁、乱丁本は、お手数ですが小社製作部宛お送り下さい。送料小社負担でお取替致します。

印刷製本・TOPPANクロレ

Printed in Japan
ISBN978-4-16-716889-6